乙女の密告

乙女達はじっとうつむいてる。静かな教室のあちこちからページをめくる音が響く。日本人の教授は黒板を書く手を止める。さっと後ろを振り向く。教室はしんと静まり返る。乙女達は顔を上げる。悠然と微笑《ほほえ》み返す。気のせいか……。教授はまた黒板に向かう。乙女達はまたページをめくり始める。ここは京都の外国語大学である。学生は圧倒的に女子が多い。外国語大学の乙女達は女子大の乙女達とは違う。授業中の内職に化粧をしたり携帯電話をいじったりしない。そんな暇はない。他の授業の予習をする。外国語大学は語学の授業がとても多い。語学の授業は予習が命である。乙女達は常に辞書を引いている。見知らぬ言葉の意味を探しているのだ。

「乙女の皆さーん！」

突然、バッハマン教授が乱入してきた。バッハマン教授はドイツ語のスピーチのゼミを担当している。今は「ドイツ現代事情」の授業だ。ドイツ語学科にだけ月に一回くらいこんな意味不明のハプニングがある。みか子は溜息《ためいき》をつく。今月はもう二回目だ。日本人の教授は怒った。

「また、あなたですか！」

「思い立ったが吉日」

これはバッハマン教授の好きな日本語の一つだ。バッハマン教授はやることがいつも唐突だ。予定や計画などという概念を一切持たない。そのために、しょっちゅう他人《ひと》の授業に乱入する。バッハマン教授はにやりと笑った。バッハマン教授は学生を「乙女」と呼ぶ。バッハマン教授のゼミは全員が女子学生だ。教材に『ヘト　アハテルハイス』を使っているからだ。『アンネの日記』のことだ。乙女に最も人気のある本だ。バッハマン教授は乙女達に聞く。

「乙女の皆さん、『ヘト　アハテルハイス』の中で一番重要な日はいつですか」

真っ先に、みか子が手を挙げる。みか子は少女の頃から、ひときわ熱心な「アンネ・フランク」ファンだ。日記の内容は細かいところまで覚えている。

「一九四四年四月十五日です」

アンネがペーターとキスをした日だ。ペーターはアンネと一緒に隠れ家に隠れていた少年である。アンネより三歳年上だった。アンネ自らも言っている。

『わたしの人生の中でとても重要な日です』

「違います！」

バッハマン教授が言う。バッハマン教授はアンネ・フランクに対して格別の思いを持っている。アンネをロマンチックに語ることを決して許さない。特に日本の乙女達はアンネ・フランクに強い少女幻想を抱いているとバッハマン教授は考えている。バッハマン教授は乙女達にいつも言う。

「乙女の皆さん、アンネ・フランクをちゃんと思い出してください！」

なんのことか乙女達にはわからない。乙女達は何も思い出せない。全《すべ》ては生まれる前の出来事だった。みか子にもわからなかった。

「乙女の皆さん、スピーチコンテストの暗唱の部の課題テクストを発表します！」

「わたしの授業ですよっ！」

とうとう、日本人の教授が怒る。バッハマン教授は気にも留めない。黒板に「一九四四年四月九日、日曜日の夜」と本のページを書いた。やりたい放題だ。一月にはスピーチコンテストがある。スピーチコンテストは暗唱の部と弁論の部に分かれている。みか子たち二年生は暗唱の部に出場する。バッハマン教授はこれを明日のゼミまでに暗記するように言った。乙女達は絶句した。あまりに急すぎる。今はまだ十一月だった。

「乙女の皆さん、血を吐いてください」

バッハマン教授は日本式の努力と根性をとても愛している。一番好きな日本語は「吐血」だ。日本の真っ赤な情熱だ。バッハマン教授は常日ごろから乙女達に死ぬ気で生きるように言っている。

「それじゃあ！」

バッハマン教授はウィンクをして出て行った。乙女達はあっけにとられた。みか子の親友の貴代《たかよ》だけがウィンクをやり返していた。貴代はこういう反射神経がとてもいい。

「あのおっさん、ほんまにあほやな」

貴代はすぐに平気で悪口を言っていた。わたしもそう思います、と日本人の教授は深く頷《うなず》いていた。貴代はドイツからの帰国子女だ。欧米の文化に染まっているからこんなに自由奔放なのか、生まれつき失礼なだけなのか、みか子にはわからない。貴代はいつもみか子を助けてくれる。みか子はスピーチ・ゼミについて行くのがやっとだ。スピーチ・ゼミの乙女達は外大の中でも乙女の精鋭部隊である。語学力に関係なく、二年生から四年生までの喋《しゃべ》りに自信のある乙女が大集合する。乙女というものはとにかく口が達者な生き物だ。貴代がいなかったら、みか子はこのゼミについて行けなかっただろう。みか子は誰よりもアンネを愛している。その気持ちにおいて、みか子という人は乙女でいる。

家に帰ると、みか子は早速『ヘト　アハテルハイス』を開く。教材で使うドイツ語版にはオランダ語の原題がそのままついている。初めてこのタイトルを見たとき、『ヘト　アハテルハイス』という言葉が不思議な呪文《じゅもん》みたいに思えた。みか子は暗記を始める。一九四四年四月九日、日曜日の夜の日記でアンネは語っている。『わたし達は今夜、思い知らされました。わたし達は隠れて暮らす身なのです。わたし達は鎖につながれたユダヤ人なのです』

『ヘト アハテルハイス』の中でも最も緊迫する一日だ。この日、隠れ家の隠しドアのすぐ後ろまで警察がやってきた。見つかれば、アンネ達は逮捕される。アンネは自分が「ユダヤ人」であることを痛いほど思い知らされるのだ。ここでアンネは「ユダヤ人」としての自己を名乗る。この自己が同時にアンネを追いつめていく。

みか子はわからなかった。なぜ、バッハマン教授はこの日を最も大事な日だと言ったのだろう。アンネは無事だったではないか。九死に一生を得たではないか。

『けれども、いつかはこのひどい戦争も終わるでしょう。いつかはわたし達だって、ユダヤ人というだけではなく、再び一人の人間になれるでしょう!

誰がわたし達ユダヤ人にこんな思いをさせるのでしょう? 誰がわたし達ユダヤ人を世界中の民族とは違う異質なものにしたのでしょう? 誰がわたし達ユダヤ人を今日までこれほど苦しめてきたのでしょう?』

みか子はバッハマン教授の言ったことを考えてみる。アンネ・フランクをちゃんと思い出すとは一体どういう意味なのだろう。みか子が思い出せるのは少女の頃に必死で読んだアンネだ。アンネがこのようにユダヤ人について書いていたことはあまり印象に残っていなかった。

『わたし達をこんなふうにしたのは神様です。けれども、わたし達を救ってくださるのも神様です。わたし達があらゆる苦しみに堪え、それでもなおユダヤ人が生き延びたなら、ユダヤ人は「永劫《えいごう》の罰を受けた人」から、人々のお手本へと変わるでしょう』

みか子は苦労する。なかなか覚えられない。アンネの言葉を初めて見る言葉みたいに感じる。

『もしかしたら、わたし達ユダヤ人の宗教は、世界中の人々、民族がよいことを学びとれるものかもしれません。そして、そのために、ただそのために、わたし達も苦しまなければならないのかもしれません』

夜は更《ふ》けていく。みか子は必死になる。

『わたし達ユダヤ人はオランダ人だけになることも、イギリス人だけになることも、決してできません。他の国の人間にも決してなれません』

アンネは知っている。国籍を得たとしても、それはあくまで表面上だけのことだ。ユダヤ人は完全にオランダ人になることも、他の国の人間になることもできない。ユダヤ人であるというアイデンティティは決して消えない。ユダヤ人という自己は他の国の国籍と完全に同化することはない。ユダヤ人であるという自己認識は他の国の国籍を他者にしてしまう。アンネはオランダに移住する前に、ドイツ国籍を剝《はく》奪《だつ》されている。他の国の国籍はアンネから簡単にひき離されて、ユダヤ人であるという自己をむき出しにした。

『わたし達ユダヤ人は他の国の人間になれたとしても、いつだってそれに加えてユダヤ人でもあり続けなければならないのです。そのことを望んでもいるのです』

自己と他者は一人の人間の中で共存せざるをえない。それが「ユダヤ人」であるが故《ゆえ》に迫害を受ける人々の苦悩である。

『勇敢でありましょう！　ユダヤ人としての使命を自覚しましょう』

アンネはユダヤ人であることに強い自覚を持つ。

みか子の知らないアンネだった。みか子はこんなアンネを全く覚えていなかった。みか子の覚えているアンネは可憐《かれん》な少女である。ロマンチックな悲劇のヒロインである。みか子は戸惑いながら、すべてを暗記する。みか子は一通り暗唱してみる。なんとかできた。アンネの言葉をすべて言えた。不思議な気持ちだった。少女の頃の記憶とは全く違うアンネをみか子は記憶した。これを絶対に忘れてはいけないのだ。

朝になる。バッハマン教授のゼミは一限目である。みか子は慌《あわ》てて、支度をする。バス停に走る。バスの中は外大生でいっぱいだった。バスの中でも外大生は辞書を引いていた。いつもの光景だった。みか子はバスの前の方に貴代の姿を見つける。鼻歌を歌っている。あまりに切羽詰まって、替え歌を作ってスピーチ原稿を覚えるという奇策に出たのだ。オリジナルは北島三郎《さぶろう》の「与作」。こういう外大生もいる。替え歌は主に、語尾変化の暗記に使われる。バスが次のバス停に停まる。ドアが開く。バスの中の空気が変わる。凍りつく。バッハマン教授が乗ってきた。泣く子も黙る。ドイツ語学科だけではない。すべての外大生がバッハマン教授を恐れている。貴代は吊革《つりかわ》を摑《つか》んだまま、白目をむく。死んだふりをする。バッハマン教授は青い目ですべての乗客にメンチを切る。背の高い金髪の頭はバスの天井にたまにごんごんとぶつかっている。

「ふっ」

意味もなく、バッハマン教授は笑う。バッハマン教授は右手に鞄《かばん》を持ち、左手に西洋人形を抱いている。大きな青い目と金髪の巻き毛が美しい。名前はアンゲリカという。これこそがバッハマン教授がすべての人から恐れられ、薄気味悪がられている理由だった。今日はバラを一輪持っている。行きつけの花屋で週に一度はバラを買ってくる。

「おー」

バッハマン教授がよろめく。バスが急ブレーキをかけた。京都の朝の道路事情は地獄である。バスは渋滞する道をのろのろ走りながらも、時々急ブレーキを踏む。バッハマン教授はアンゲリカ人形を強く抱きしめる。バスは路上駐車のタクシーに容赦なくクラクションを鳴らす。バッハマン教授はバラを口にくわえて、アンゲリカ人形をあやす。あらゆる喧騒《けんそう》からアンゲリカ人形を守っている。七時五十八分の京都駅発、外大行きのバスは、アンゲリカ人形を思うバッハマン教授の気迫で、晴れた夏の日でも窓ガラスが白く曇っている。

教室に着くと、二年生の乙女達は全員、目に隈《くま》ができていた。貴代は死にかけていた。上級生たちはスピーチコンテストの弁論の部に出場する。弁論の部は自分のテーマを見つけて原稿を作る。弁論の部の乙女達はまだ原稿を作っている段階だった。暗唱の部に出場する二年生だけがバッハマン教授の突然の無理難題に苦しめられていた。二年生の乙女達は皆、覚えたものを必死で確認していた。貴代も鼻歌を必死で歌っていた。すでに一人だけやる気がないみたいに見える。

乙女達には二つの派閥がある。「すみれ組」と「黒ばら組」である。バッハマン教授が分けた。特に意味はない。会合などもない。乙女というものはちょっとややこしい生き物だ。それをバッハマン教授がさらにややこしくした。みか子は「すみれ組」だ。貴代は「黒ばら組」だ。バッハマン教授は乙女達ひとりひとりに尋ねたのだ。

「あなたはいちご大福とウィスキーではどちらが好きですか」

「ウィスキー」

貴代は即答した。

「それなら、黒ばら組です」

いちご大福と答えれば、すみれ組だった。ただ、それだけのことなのに、この派閥は恐ろしいほど乙女達の間に定着した。乙女とは自分とは違う異質な存在をきっちりと認識する生き物なのだ。時々、みか子は貴代と一緒にいることに人目をはばかってしまうことがある。

ひとりだけ、「おほほほほ」と笑っている乙女がいた。麗子様だ。弁論の部のエキスパートである。弁論の部に出場する乙女の中で、麗子様だけが早々にスピーチ原稿を仕上げた。恐るべき早さだ。しかも、原稿をすでに暗記している。それだけ順調ならば、笑いも止まらない。麗子様は全国各地のスピーチコンテスト荒らしをしている。常に上位入賞を果たしている。麗子様は年齢不詳だ。何回も留年している。ここ数年はずっと四年生だ。麗子様はずば抜けた情熱で乙女達の度肝を抜く。麗子様はいつも首にストップウォッチをかけている。スピーチの時間を計るためのものだ。スピーチは制限時間を超えると十秒おきに減点される。「これがわたしのペンダントやよ！」と言っている。麗子様はぜったいにストップウォッチを首から外さない。温泉でも外さないらしい。「だって、防水やもの」と言っていた。麗子様のストップウォッチを握る手には硬い豆ができている。スピーチ一筋の人だ。バッハマン教授の「あなたはいちご大福とウィスキーではどちらが好きですか」という質問に、「ストップウォッチです」と答えたことは伝説として語り継がれている。

「ははーん。あなたは二日酔いですね」

とバッハマン教授に判断され、黒ばら組のリーダーにまで選ばれた。すべての乙女があの人について行くのはちょっと無理だなと思っている。麗子様にはコアなファンがいる。みか子だ。みか子は麗子様の隠れファンだ。誰にも秘密だ。恥ずかしい。貴代にも隠している。麗子様は黒ばら組のリーダーだ。それだけでも、すみれ組のみか子にとっては背信行為なのだ。みか子は麗子様に憧《あこが》れてスピーチを始めた。みか子が初めて麗子様のスピーチを見たのは一年生の時だった。麗子様のスピーチは明らかに他の出場者と違った。美しかったのだ。パフォーマンスや発音が美しかったのではない。そんなことではない。麗子様はとても美しく言葉を思い出したのだ。スピーチの途中で、急に麗子様のスピーチが止まった。忘れてしまったのだ。麗子様は決して慌てなかった。微笑《ほほえ》んだまま、沈黙していた。他の出場者なら明らかにおたおたする。もうこれですべてが終わったみたいに絶望する。見ている聴衆の方までつらくなる。荒い息がマイクを通して大きく響く。審査員が減点をつける鉛筆の無情な音だけが聞こえる。麗子様は静けさに浸って、海でも眺めるように聴衆を見渡していた。

「あ」

しばらくして、麗子様は小さく声を出した。思い出したのだ。浜辺で小さな貝殻でも見つけたみたいに、麗子様は失った言葉をすっと拾い上げた。その様があまりに美しかったのだ。

「乙女の皆さん」

バッハマン教授がアンゲリカ人形を抱えてやってきた。教室が静まり返る。乙女達は本を机の下に隠す。乙女達の緊張は一気に高まる。暗唱の部に出場する二年生だけではない。何の課題も出されていない弁論の部の乙女までが脅えている。みか子は机の下の本にしがみつく。こうして確かに形があるのに、覚えた言葉はみか子の元から今にも離れてしまいそうである。みか子は緊張のあまり、バッハマン教授と目を合わせてしまった。

「ミカコ、どうぞ」

バッハマン教授はみか子にウィンクした。

「は、はい……」

声がうわずる。別れがたいような思いで、『ヘト　アハテルハイス』から手を放して、席を離れる。みか子は演壇に立つ。暗唱を始める。

『一九四四年四月九日　日曜日の夜』

声が震えている。教室の一番後ろではバッハマン教授がアンゲリカ人形をあやしている。演壇にあがると、バッハマン教授の姿が一番よく見える。こんなプレッシャーはない。バッハマン教授はじっと宙を見つめて、聞いている。コンテストの予行演習の時はいつもそうだ。時々、小さく頷《うなず》いたり、首を傾《かし》げたりする。みか子は何度もつっかえる。原稿を忘れそうになって、暗唱が止まりそうになる。その度に、バッハマン教授がメンチを切る。みか子はすぐに言い直す。用心深くアンネの言葉を再生する。記憶は今にもゆらゆらと姿を消してしまいそうだった。

『ユダヤ人としての使命を自覚しましょう。ぐずぐず言うのはやめましょう。解決の時は来るでしょう。神様はわたしたちユダヤ人を決して見捨てませんでした。何百年もずっと、ユダヤ人は生き延びてきました。何百年もずっと、ユダヤ人は苦しまなければなりませんでした。何百年もずっと、ユダヤ人は強くもなりました。弱いものは狙《ねら》われます。強いものは生き残ります。決して滅びません！』

みか子は語順に気をつける。後半の山場も無事に乗り越える。みか子は安堵《あんど》する。あと少しだ。アンネもこの恐ろしい夜に安堵する。

『今や、今やわたしはまたも命拾いしました』

ぴたりと、みか子の言葉が止まる。命拾いしました……。あ。小さな声を出す。忘れたのだ。次の言葉が出てこない。このことを最も恐れていた。みか子の掌《てのひら》にじっとりと汗が滲《にじ》む。教室が重い静寂に包まれる。みか子は立ち尽くす。時間は静寂の中でどんどん過ぎていく。みか子は苦しい。忘れているという状態をこんなに苦しいと感じたことはなかった。思い出したい。みか子は強く思う。思い出したい。それはもはや欲求である。渇いた喉《のど》が水を求めるみたいに、なくてはならないものを求めている。みか子は渇望《かつぼう》しているのだ。みか子は思い知らされる。わたしは忘れている。なくてはならないものがここにない。

みか子は以前に聴衆としてスピーチコンテストを見た。原稿を忘れた出場者の慌てぶりを今になってやっと理解する。あの人たちはこんなにも深い絶望の底に突き落とされていたのだ。みか子は麗子様と目が合う。麗子様はじっとみか子を見ている。バッハマン教授はひよこのキッチンタイマーに目を落とす。バッハマン教授はストップウォッチを使わない。ひよこのキッチンタイマーを使う。ゼミの日だけ、奥さんから借りてくる。夫婦喧嘩《げんか》してまで借りてくる。日曜日には冷蔵庫のドアに張り付けてある。時間が過ぎる。みか子はまだ思い出さない。

ぴよぴよ、ぴよぴよ。ひよこが鳴く。タイムオーバーだ。バッハマン教授が怒る。

「ミカコ！　あなたは血を吐きましたか！」

激怒している。ぴよぴよ、ぴよぴよ、ぴよぴよ……。ひよこがいつまでも鳴いている。

「いいえ。わたしは血を吐いていません」

みか子は演壇を降りる。自分の席に戻る。麗子様の隣の席だ。麗子様が小さな声でみか子に言う。

「みか子、知ってる？　それ、記憶喪失やよ。スピーチの魔物やよ」

「記憶喪失？」

思わず、みか子は深く頷く。記憶喪失という大げさな表現がぴったりだと思った。さっきの喪失感はそれほど重大なものだった。みか子はすぐに本を開いて忘れたところを確認するということをしなかった。そんな気力もなかった。教室の空気は張り詰めていた。次々と他の乙女達も暗唱をする。皆、どこかで忘れたり、文をいくつも飛ばしたりする。ぴよぴよ、ぴよぴよ。ひよこが何度も乙女達のタイムオーバーを知らせる。最後に貴代の番になる。貴代は最初の三行を暗唱して、いきなりすべてを忘れた。じっと沈黙した。思い出そうと、ふんふんふんと鼻歌を歌い出した。

「ああ！」

思い出したかに見えたが、そうでもなかった。思い出したのは最後の三行だけだった。貴代は胸を張ってその三行を暗唱した。あっという間に貴代の暗唱は終わった。一分くらいだった。残りの制限時間の間、貴代は涼しい顔をして、演壇でじっと立っていた。バッハマン教授はぎりぎりと貴代を睨《にら》みつけていた。ひよこが鳴くまで歯を喰いしばっていた。ぴよぴよ、ぴよぴよ。

「タカヨー！」

バッハマン教授は絶叫した。貴代は同じ間違いをしても、なぜかいつも人の三倍怒られる。絶えず、バッハマン教授の逆鱗《げきりん》に触れている。この日もひどく怒られた。

「タカヨ、あほ！」

今日もひとりだけバッハマン教授に必要以上のことを言われていた。貴代は特に落ち込んでいる様子もなかった。乙女達の暗唱は皆さんざんだった。全員、血を吐いてこなかった。

「もー！」

バッハマン教授は怒って教室を出て行った。

「タカヨ！」

捨て台詞《ぜりふ》を吐いて出て行った。タカヨという言葉自体を悪口だと思っているみたいだった。もっと怒った時は「あたくし、実家に帰らせて頂きます！」と言って、ぴしゃんと教室のドアを閉める。これはバッハマン教授の奥さんの口癖だ。麗子様が両手をぱんぱんと叩《たた》いて演壇に立った。

「二年生の乙女の皆さん、こんなあほなことでは困ります」

麗子様も怒っている。

「タカヨ！」

とても怒っている。もはや、貴代はあほの代名詞になっている。

「明日、早朝から大講義室で自主トレをします」

えー。乙女達は驚く。麗子様の自主トレは大学の名物になっている。麗子様は早朝や放課後に空いている教室の演壇を借りて、スピーチの練習をする。スピーチはとにかく慣れだ。場数をこなした方がいい。大学の大講義室は本番のホールと雰囲気が似ている。コンテストが近づくと、大学中に麗子様の練習の声が響き渡る。麗子様はひたすら、練習する。とても熱心だ。ちょっと、異様だ。掃除のおじさんやおばさんからはとても気持ち悪がられている。黒ばら組でもこの情熱についていける人はごくわずかだ。隠れファンのみか子でもたまに尊敬の念が吹き飛びそうになる。貴代は自主トレの話を聞いただけで、顔色が悪くなっている。貴代が呟《つぶや》く。

「あの人、あほみたいやし嫌いや」

貴代は常に単刀直入だ。

みか子は家に帰る。みか子の家は古い京町屋である。みか子はとぼとぼと狭い路地を歩く。まだ四時半だった。みか子の家からだけ、もう夕食の匂《にお》いがする。母が早い夕食の支度をしている。母はホステスの仕事をしている。

「あ、お帰りー」

母が三面鏡の前に座っている。いつも夕方に濃い化粧をする。耳に眉墨《まゆずみ》ペンをかけている。大工さんみたいだ。

「えらいこっちゃ！」

母がぱたぱたと台所に走っていく。母はまた鍋《なべ》を焦《こ》がした。母のストッキングに小さく穴があいている。そこにセロハンテープをはっている。

「ええねん。お店、暗いからわからへん」

母は急いで夕食をかきこむ。みか子も一緒に早い夕食を食べる。子供の時からの習慣だ。こんな時間に食べる夕食はとてもまずい。母は慌《あわ》ただしく出かけていく。

「お豆腐屋さん、来はったら買《こ》うといて」

豆腐屋はこの早い夕食に間に合ったり、間に合わなかったりする。みか子は隣の部屋に母の布団《ふとん》を敷いておく。朝になったら、疲れた母が襖《ふすま》を開けたまま寝ている。家中にお酒の匂いが満ちている。みか子はその匂いの中で大人になった。

みか子は後片付けをする。冷蔵庫を開ける。

「あ」

みか子は小さく声を出す。冷蔵庫の明るさに目がくらんだのだ。よくあるのだ。京都の家の中は暗い。台所はさらに暗い。こんな冬の日はなおさらだ。外はまだかろうじて明るい。家の中の暗さに気づかない。何気なく開けた冷蔵庫の中が京都の家の中では一番明るいのだ。木目の黒くなった床の上を冷蔵庫の光が照らし出している。みか子は冷蔵庫の扉をしばらく開けている。この明るさで暗い世界を照らし出せたらいいのにと思う。ぱたん、と冷蔵庫のドアが勝手に閉まったのが無情に思えた。家の中が真っ暗になった。みか子は電気をつける。電気をつけても、冷蔵庫の中が一番明るい。それが京都の家だ。世界は暗い。あまりに暗い。みか子は膝《ひざ》を抱える。思い出そうとする。みか子は『ヘト　アハテルハイス』を開く。まだこの本が読めるほど、世界にはわずかな光がある。これから世界はもっと暗くなる。夜へと向かっていく。時はどんどん進んでいくしかないのだ。みか子は本のページを開く。忘れていた言葉を探そうとする。間に合わない。冬の夕方、京都の家の中はそれほど早く暗くなる。結局、みか子は忘れていた言葉を見つけられなかった。闇《やみ》の中でみか子は沈黙する。絶望しているのではない。欲求の中にいるのだ。思い出したい。思い出したい。その欲求がちっとも満たされずにいる。麗子様の言うとおりだった。「記憶喪失」は確かにスピーチの魔物だった。この魔物が引き起こすのは思い出したいという欲求である。魔物は思い知らせるのだ。お前は忘れている。大事なことを忘れている。

翌日、みか子は七時半前に大学についた。もう、麗子様がいた。壇上に立って練習していた。マイクのスイッチも入っていた。教室にはまだ暖房が入っていない。麗子様の息は白いのに、額にはうっすら汗をかいている。こんな早朝にどうやって、講義室に入ったのだろう。

「掃除のおばさんから鍵《かぎ》を強奪して、合鍵を作ってんねん」

麗子様は胸をはっている。そんなことをしてはいけない。みか子も練習を始める。

壇上に立つ。昨日はあまり練習しなかった。

「自分のタイミングで始めて」

麗子様がストップウォッチを握る。みか子は暗唱を始める。

『一九四四年四月九日　日曜日の夜』

みか子はよろよろと暗唱をする。何度もつっかえる。止まりそうになる。頼りない記憶を必死でたどる。

『今や、今やわたしはまたも命拾いしました』

やっとの思いでここまでたどり着く。息を吸う。ここからだ。昨日はここで止まったのだ。みか子は息を吐く。言葉が出てこない。また同じ所で忘れてしまった。

麗子様がきつい視線を向ける。時間が過ぎていくのがわかる。みか子は思い出そうとする。命拾いしました。命拾いしました。同じ言葉だけがぐるぐる回る。重苦しい沈黙が襲う。麗子様がじっとストップウォッチを見ている。みか子はただ立ち尽くす。絶望する。全くなす術《すべ》がない。あまりに苦しい。思い出すことでしかこの苦しみは救われない。時間は無情に過ぎていく。みか子は必死で『ヘト　アハテルハイス』の世界を思い出そうとする。言葉が見つからない。麗子様の言う通りだ。ああ、本当にこれは記憶喪失だ。

「終了」

麗子様がストップウォッチをかたんと置く。

「ありがとうございました」

スピーチの最後は必ずこの言葉で締めくくらなければならない。麗子様が言う。

「みか子、暗記はスピーチの基本やで」

みか子は小さく頷く。席に戻って、本を確認する。忘れていた言葉を探す。見つける。みか子は安堵しなかった。この作業は思い出すという作業とは違った。これで失ったものを取り戻したわけではなかった。みか子には忘れた時の絶望感がまだ残っていた。みか子は忘れた言葉をじっと見つめる。

『今、わたしが一番望むことは、戦争が終わったらオランダ人になることです！』

切実な言葉である。アンネはユダヤ人であることをむきだしにしては生きていけなかった。オランダ国籍という他者の要素が必要だった。ここでアンネは言うのだ。わたしは他者になりたい。

麗子様にバッハマン教授との黒い噂《うわさ》が流れた。乙女らしからぬことをして、スピーチの原稿を作ってもらっているのではないか。ちょうど、弁論の部に出場する上級生たちが原稿の作成に最も苦労している時だった。乙女達はバッハマン教授に何度も原稿の書き直しをさせられていた。早々に原稿を仕上げていたのは麗子様だけだった。そもそも、乙女の集団というものはこの手の嫉妬《しっと》と噂がつきものである。もともと、バッハマン教授には以前からおかしな噂があった。バッハマン教授の研究室からは時々、誰かに話しかける声が聞こえる。あれはきっと乙女に話しかけているのだ。何人もの乙女がこの声を聞いたことがある。乙女とは潔癖な生き物である。潔癖なのに、この手の噂はいつも乙女達について回る。みか子だけはこの噂を信じなかった。みか子は麗子様を尊敬していた。麗子様が熱心に練習をしているのも知っていた。

「麗子様、不潔やわ……」

最初はすみれ組の百合子《ゆりこ》様が眉をひそめただけだった。百合子様はすみれ組のリーダーだ。百合子様は去年、留年した。就職に失敗した。外大の外国人教官のゼミでは欧米風にファーストネームを呼び捨てにして名前を呼びあう。上級生にその呼び方はしづらい。特に留年した上級生には同情と敬意をこめて「様」付けで名前を呼ぶ。百合子様の夢はスチュワーデスになることだ。外大にはこういう乙女がいる。スチュワーデスを目指して、大学と並行して専門学校にも通っている。百合子様はいつも、スカーフを斜めに結んでいる。常に離陸準備完了だ。空を知らないアヒルと陰口を叩かれても平気だ。百合子様と麗子様は熾烈《しれつ》なライバル関係にある。百合子様は去年もおとといもコンテストで二位だった。何かと麗子様に先んじられている。

噂は少しずつ広まった。乙女達はスピーチの練習よりも熱心に噂を囁《ささや》きあったのだ。乙女とはとにかく喋《しゃべ》る生き物だ。

「えー、信じられへんわー。不潔やわぁ」

これが乙女の決まり文句だった。乙女とは、信じられないと驚いて誰よりもそれを深く信じる生き物だ。この信心深さこそが乙女なのだ。乙女達はひそひそと囁き合って、信仰を深めていく。乙女が集まれば噂の話になる。事実、噂は日に日に広がった。次第に噂は信ぴょう性を帯びてきた。決定的な証拠や目撃者が出てきたわけではなかった。ただひたすら、乙女達が噂を熱心に信じたのだ。みか子は困惑していた。麗子様のことを疑う気になれなかった。とうとう、恐るべき事態になってしまった。麗子様が黒ばら組から追放されてしまったのだ。みか子は麗子様のことを心配した。組を追放されるなど、乙女にとって生存に関わることだ。乙女とはトイレさえ群れをなして行く生き物なのだ。トイレの個室の数と乙女の人数は一致しない。トイレでの需要と供給のバランスは常に崩れている。そんなことは乙女にはちっとも関係ない。トイレは乙女の聖地である。ここでは最も頻繁に噂が囁かれる。トイレでさえ、すみれ組と黒ばら組の縄張り争いがある。安心して噂話をしていると、個室に相手の組の乙女が潜んでいたりする。

「なんやてぇ！」

　と言って突然、個室から飛び出してきたりする。時に乙女は神出鬼没である。油断ならない。こういう時、ものすごい舌戦が繰り広げられる。バッハマン教授は「どうしてトイレがこんなにやかましいんですか……」とよく唖然《あぜん》としている。

乙女の噂とは恐ろしいものなのだ。何の根拠もなく、一人の乙女を異質な存在に変えてしまう。自分達の集団にとって徹底した他者にしてしまう。その時、真実なんか全く関係ない。何よりも、「乙女らしからぬ」噂ほど、乙女にとって恐ろしいものはない。乙女を乙女ではないと決めつけてしまう。同時に、これほど乙女を魅了する噂もないのだ。

休み時間に麗子様がひとりで教室を出ていく。麗子様は教室のある階ではなく、ひとつ上の階のトイレに行く。みか子はこっそり麗子様についていく。周囲の目をはばかった。麗子様になんと声をかけていいかわからなかった。トイレに着くと、突然、麗子様が振り向いた。

「みか子はあたしを信じるの？　噂を信じるの？」

究極の質問だった。

「麗子様を信じます」

「嘘《うそ》よ」

嘘だった。みか子はだんだんどちらを信じていいかわからなくなっていた。

「みか子、心配せんでええんよ。あたしが好きなのはウィスキーでもいちご大福でもない。ストップウォッチやねん。あたしの居場所はすみれ組でも黒ばら組でもない。マイクの前だけやねん」

　麗子様がストップウォッチのスイッチを押す。デジタルの数字は姿をとどめないほど、くるくると時を駆け抜けていく。みか子は麗子様が不憫《ふびん》だった。麗子様は一人でトイレから教室に帰って行った。みか子は一人でトイレに佇《たたず》んだ。みか子は悩んだ。どうしても噂を信じられなかった。これは乙女の危機だった。そうかと言って、麗子様が乙女だという保証もなかった。

　黒ばら組では貴代が異例の出世をした。麗子様の噂が広まった時、貴代は真っ先に麗子様の自主トレに行くのをやめた。貴代も乙女だった。

「あの人、不潔やわ」

　貴代の潔癖ぶりはすみれ組の百合子様から「敵ながらあっぱれ」と称賛を受けた。これを功績と認められて、貴代は黒ばら組の新リーダーになったのだ。その後、麗子様の自主トレに参加する乙女の人数は減っていった。自主トレの様子はさんざんだった。乙女達はちっとも熱心ではなかった。全員の順番が終わると、麗子様が両手をぱんぱん叩《たた》いて檄《げき》を飛ばした。

「乙女の皆さん！　ちゃんと、血ぃ、吐かなあかんやんか！」

麗子様の口から出る「乙女の皆さん」という言葉に、乙女達からあからさまな失笑が出る。最後に麗子様が自分のスピーチを披露する。敵対するすみれ組からはさらに冷ややかな反応が出る。特に百合子様の視線は冷たかった。そんなことは気にせず、麗子様はいつもどおりに完璧《かんぺき》なスピーチをした。

噂は乙女達の間にある緊張状態を生み出した。乙女達は疑心暗鬼になった。常にお互いに確認する。本当に噂を信じているのか。本当に潔癖なのか。ちゃんと汚《けが》らわしいものを嫌悪《けんお》しているのか。それを確認する方法はただ一つである。ともに噂を囁き合うことである。噂とは乙女にとって祈りのようなものなのだ。噂が真実に裏付けられているかどうかは問題ではない。ただ、信じられているかどうかが問題なのだ。信じることによってのみ、乙女は乙女でいられる。噂とは乙女にとってもろ刃の剣である。噂は麗子様を他者にした。囁けば囁くほど、噂は膨らんでいく。噂は常にスケープゴートを必要とする。次は誰がスケープゴートになるかわからない。スケープゴートになってしまえば、乙女はもう乙女ではなくなる。他者になる。みか子はただ黙っていた。他の乙女が噂を囁くのを聞いていただけだった。自分から噂を囁くことはどうしてもできなかった。

バッハマン教授のゼミでは乙女達は噂なんか何もないかのように振舞った。ゼミではスピーチや暗唱のための発音やイントネーションの練習が行われていた。今日は変音記号のついた母音の練習だった。暗唱の後半の文にこの音が出てくる。

『女王様にお手紙を書いてお願いしなければならなくても、わたしは決してあきらめません。わたしの望みをかなえるまでは！』

どうしてもオランダ国籍を得たいというアンネの強い決意だ。「女王様」という単語に変音記号のついた母音が含まれている。バッハマン教授は乙女達に順番に「女王様」と言わせる。麗子様や貴代は難なくクリアする。とくに貴代はこういう練習の優等生だ。ほとんどの乙女が正しく発音できない。みか子もできない。バッハマン教授は一人一人に丁寧に指導する。

「Ö」

バッハマン教授はみか子の前で正しく発音してみせる。この発音にはドイツ語学科に代々伝わる誤った発音法がある。「お」と言うつもりで「え」の口の形をして「う」と言う。みか子はやってみる。

「おぇー」

「ミカコ！」

バッハマン教授は何度もみか子に発音させる。

「おぇー」

何回やっても「おぇー」になる。他の乙女がやってもそうなる。バッハマン教授はこの音を乙女達に十分間各自で練習させる。キッチンタイマーをセットする。

「おぇー、おぇー、おぇー、おぇー」

練習すればするほど、何をやっているのかわからなくなる。もはや、人の話す言葉ではなくなる。自分が新種の動物にでもなった気がする。教室中に乙女達の怪しげな嗚咽《おえつ》が響き渡る。隣の教室まで聞こえる。たまに「静かにしてください」と隣の教官から苦情を受ける。スピーチの練習というのはとても地道だ。発音やイントネーションをとことん矯正する。ひとつの単語や文を音のレベルまでに分解して繰り返し練習する。貴代だけバッハマン教授に呼ばれる。貴代はこの文の発音は完璧だが、イントネーションがおかしい。このイントネーションを一人だけ集中的に指導を受けている。貴代が発音やイントネーションで注意を受けることは会話の授業でも実践の授業でもほとんどない。今回はとても珍しい。

「タカヨ、やってみて」

「ぱぱぱぱーぱぁ！」

バッハマン教授はイントネーションを直す時、言葉の意味は無視する。言葉をただの音に変える。

「うーん。おしい。もう一回」

「ぱぱぱぱーぱぁ！」

貴代はやってもやっても、バッハマン教授に「違う」と言われる。やればやるほど、「全然、違う」と言われる。こんなことが二週間も続いている。貴代はこのイントネーションを一日三十回は練習するように言われる。毎日、カセットテープに「ぱぱぱぱーぱぁ！」を三十回録音してせっせとバッハマン教授に提出している。

「うーん。二十一回目だけできている」

そんな事を言われても貴代には区別できない。みか子にもわからない。全部同じ「ぱぱぱぱーぱぁ！」だ。

「タカヨ、もう一回！」

貴代がうつむく。黙り込む。急に教室を飛び出す。

「こんなことのために生まれてきたんとちゃうわ！」

みか子は追いかける。つい、言ってしまう。

「おぇー！」

貴代は校舎の裏でふてくされていた。

「貴代」

みか子は貴代の隣に座る。貴代とこうして二人になるのは久しぶりだった。黒ばら組のリーダーになってから、貴代はなんだかみか子にとって遠い存在になってしまった。

「あたし、思い出せへんねん」

貴代がぽつりと呟《つぶや》く。

「やっぱり、ドイツ語、忘れたままやねん」

いつもの貴代だった。貴代がこう言った時、みか子はいつも言うのだ。

「そんなことあらへんて。貴代は一番上手やんか。麗子様よりも上手やんか」

貴代はドイツ語を忘れないために、外大に入学した。貴代はこのイントネーションの練習の時、いつもとても悲しそうだ。帰国子女とはいえ、貴代にとってドイツ語はやはり外国語である。昔、ドイツ語は貴代にとって第二の母国語だった。いつからだろう。年月はずるずると貴代の言葉と記憶を奪った。ドイツ語はいつのまにか外国語に変わっていった。言葉というものは使わなければ、するすると記憶から消えていく。貴代にはどうしようもなかった。みか子は貴代のドイツ語の習得の仕方が自分たちとは違うのを間近で見てきた。一年生の頃、貴代は嬉々《きき》としてドイツ語を学習していた。学ぶたびに思い出すという感覚を取り戻しているみたいだった。それは全く新しいものを習得していくみか子の喜びとは違うみたいだった。みか子たちはもうドイツ語の文法事項や発音法は一通り学んだ。貴代は薄々気づき始めている。ドイツ語を完全に習得しても、すでに忘れたことを完全には思い出さない。外大では貴代は失った言葉をややこしい文法の規則とともに学び直さなければならない。昔みたいに、いつの間にか習得する訳ではないのだ。単語や文法を覚えるというプロセスは貴代にとってあまりにじれったい。貴代は二年生の後期から、宿題や予習を怠けるようになった。バッハマン教授にもよく叱《しか》られるようになった。文法をあまり重視しない会話の授業でも、貴代は躓《つまず》くことがある。ドイツ語の単語がすっと出てこないのだ。みか子はよく貴代に聞く。

「貴代、これはドイツ語でなんて言うの？」

貴代はみか子のこういう質問にちゃんと答えられないことがある。忘れてしまっているのだ。答えを聞けば、何でもない表現なのだろう。ドイツで暮していれば、気にも留めなかった言葉なのだろう。だからこそ、忘れてしまったのだ。

「ごめん、忘れたわ……」

こういうとき、貴代は苦しそうだ。何か深刻なのだ。迷子が自分の名前を答えられなかったみたいだ。忘れてしまった言葉が、貴代という人を乗っ取ってしまったみたいだ。貴代という人はいつのまにか形も記憶もないものに乗っ取られてしまっているのだ。ドイツ語という言葉は姿もなく貴代を脅《おびや》かす。学習という方法は迷子に道を教えない。道の遠さを思い知らせるだけだ。貴代は恐れている。いつか完全にドイツ語を忘れてしまうのではないか。日本語が自分を侵食してしまうのではないか。自分の母国が自分を磨滅させる場所みたいなのだ。日本にいては自分が濁っていくみたいな気がする。自分が正しい自分でいられなくなりそうなのだ。貴代こそ、本当に記憶喪失の人なのだ。貴代の苦しみは今のみか子の苦しみと同じだった。

みか子も自分が自分でいられなくなりそうだった。みか子はどうしても噂《うわさ》が信じられない。それは乙女にとって致命的なことだった。乙女が乙女でなくなってしまうかもしれない。みか子は乙女でない自分など想像できない。

「貴代。あたし、麗子様ってそんな不潔な人に思われへんねんけど……」

「みか子は噂を信じてへんの？」

「わからへんねん。だって、麗子様はあほほど練習してはるんやよ」

「み、みか子は乙女とちゃうの？」

「乙女やよ！　そやけど、噂が信じられへん。あたしはほんまのことが知りたいねん！」

「あかんよ！」

貴代はそんなことは許さないみたいに言った。毅然《きぜん》としていた。黒ばら組のリーダーになってから、貴代は乙女としての自覚を強く持つようになった。真実とは乙女にとって禁断の果実だった。それに手を伸ばした途端、乙女は冷静になる。自らの本当の姿を知って恥じ入ることになる。お前は乙女ではない。禁断の果実とはそういうものである。乙女とは夢見る存在なのだ。乙女の目はこの世にあるものに向けられていない。乙女はうっとりと空を見上げて語る。乙女の言葉は決して真実を語らない。乙女は美しいメタファーを愛する。例えば、乙女は言うのだ。アンネ・フランクとは一本のバラである。乙女は間違っている。アンネの悲劇をたった一本のバラの身の上に起きた出来事だと思っている。たった一本のバラが美しかったとうっとりする。たった一本のバラが今はもうこの世にはないと涙を流す。乙女が愛しているのはただの一本のバラである。アンネ・フランクはバラではない。乙女は「アンネ・フランク」の本当の意味を知らない。乙女は「アンネ・フランク」という言葉さえ美しいメタファーとして使ってしまう。乙女の美しいメタファーは真実をイミテーションに変えてしまう。乙女の語るイミテーションは本物に負けないくらいきらきらと輝く。

「貴代、今の話、誰にも言わんといてな」

一瞬、貴代が黙る。乙女が己を語る時、一体どんな言葉を使うだろう。

「みか子。あたしを誰やと思ってんの」

「え？」

みか子は顔を上げた。

「Königin」

貴代は「女王様」という単語を正確に発音した。そうなのだ。貴代は黒ばら組のリーダーなのだ。これが恐るべき瞬間だった。貴代は他者の言葉で己を名乗った。

チャイムが鳴る。授業が終わる。貴代はまっしぐらに走っていく。名前を名乗った迷子が帰るべき所を見つけたみたいだ。みか子は貴代の後ろ姿を見送る。みか子は思った。貴代は思い出したのだ。ずっと、忘れて苦しんでいたことを思い出したのだ。それは貴代を名乗る言葉だったのだ。みか子は羨《うらや》ましかった。みか子は未《いま》だに同じ所を忘れる。演壇で暗唱するときだけ、忘れてしまうのだ。忘れることが癖になってしまっている。思い出したい。みか子はこれほど強く言葉を求めたことはなかった。みか子も貴代みたいに『ヘト　アハテルハイス』の中から言葉がほしかった。みか子は登場人物を探した。己を名乗る言葉を探した。

「登場人物が多すぎる」

『ヘト　アハテルハイス』が最初に演劇化される際の難点はこれだった。隠れ家に隠れていたのは八人である。これだけの人間がずっと舞台に出ることになる。一九五六年十一月二十七日、アムステルダムで初演された。大成功だった。ミープ・ヒースの手記の中に、隠れ家の住人の中での唯一《ゆいいつ》の生存者であるアンネの父オットー・フランクについて証言がある。ミープはアンネ達の潜行生活を援助した女性だ。

「わたしの知る限り、オットー・フランクはこのような演劇や映画を見ませんでした。そんなことを望まなかったのです」

数日後、麗子様の自主トレはみか子と麗子様の二人だけになっていた。みか子は自主トレでも同じ所を忘れた。いつも沈黙してしまう。思い出したいという強い欲求を一度も満たされずにいる。今日もみか子は沈黙の中で立ち尽くす。沈黙の中で時間が過ぎる。

「終了」

麗子様が言う。みか子はとぼとぼと席に戻る。練習が終わる。麗子様がにっこり言う。

「みか子はいっつも同じとこで忘れるんやね」

「はい……」

「それがみか子の一番大事な言葉なんやよ。それがスピーチの醍醐味《だいごみ》なんよ。スピーチでは自分の一番大事な言葉に出会えるねん。それは忘れるっていう作業でしか出会えへん言葉やねん。その言葉はみか子の一生の宝物やよ」

麗子様は微笑《ほほえ》んでいる。

「よかったな、みか子」

何がよかったのか、みか子はわからなかった。

「忘れるのって、怖いやろ？」

麗子様が言う。みか子は頷《うなず》く。演壇のマイクを恐ろしいものみたいに感じる。家での練習と演壇での練習は違う。あのマイクはみか子にとって、喉元《のどもと》に突き付けられたナイフだ。あそこで原稿を忘れると、マイクはみか子から言葉を奪う。

「スピーチでは忘れるっていう恐怖は一生、ついて回るんよ。慣れることとなんかあらへんのよ」

麗子様は言う。実際は忘れた時の減点はたいしたものではない。審査で重要視されるのはテーマやパフォーマンスの方だ。忘れたくらいで勝負がひっくり返ることはそんなにない。忘れることによる心理的影響が大きいのだ。何回もコンテストに出て、何回も優勝する人でも、忘れるという壁はどの大会にも同じ高さで立ちはだかる。すべての原稿は一から記憶しなければならない。すべての原稿はその時、新しいものなのだ。この壁が乗り越えられるかどうかは本番までわからない。前のコンテストで乗り越えられたからと言って、今回も乗り越えられるかどうかわからない。今日の練習で忘れなかったことが、本番の保証にはならない。

「みんな、忘れるのが怖いから必死で練習するねん」

麗子様が白状するみたいに言う。

「でも、あたしは忘れることが怖くないねん。あたし、何にも怖いもんあらへんねん。大勢の人の前で話すことも怖くない。ライバルも審査員も怖くない。失敗も怖くない。コンテストで人に負けることも怖くないねん」

みか子は意外だった。勝つことにこだわっているから、いつまでもコンテストに出ているのだと思っていた。これを聞いて、みか子はあの乙女らしからぬ噂の真相がますますわからなくなった。真実が知りたかった。みか子は決意する。禁断の果実に手を伸ばす。方法はただひとつだ。バッハマン教授に直接確かめるのだ。

翌日の昼休みに、みか子はバッハマン教授の研究室に行った。研究室のドアの前に立って、みか子はどきりとした。声が聞こえた。噂どおり、バッハマン教授が誰かに話しかけていた。ドイツ語だ。このドアの向こうに真実がある。乙女達は誰もこのドアを開けたことがない。乙女というのはそういうものだ。ひそひそと噂ばかりして、真実を確かめようともしない。勇気がないのではない。乙女達は真実を必要としないのだ。そんなものに見向きもしないのだ。みか子はドアに耳をつける。ここに麗子様がいるのだろうか。わたしは真実が知りたい。えい。みか子はドアを開ける。ついに、乙女は禁断の世界に踏み込む。

「ひゃ？」

バッハマン教授が驚いてこちらを振り向いた。麗子様はいなかった。アンゲリカ人形がいた。なんと、バッハマン教授はアンゲリカ人形に話しかけていた。みか子はドイツ語でバッハマン教授に尋ねる。

「な、何をしているのですか……」

見てはいけないものを見てしまった気がした。

「ほっといてください！」

バッハマン教授は顔を真っ赤にして怒っていた。ちょっと、照れていた。

「ご、ごめんなさい、アンゲリカ」

バッハマン教授は優しい声で言って、アンゲリカ人形にキスをした。

「すみません……」

　みか子は思わず謝った。これが真実だった。みか子はただ真実の世界の中で立ち尽くす。ドアがばたんと勝手に閉じた。みか子は閉じ込められたみたいな錯覚を覚えた。ひやりとした。わたしは今、ドアの向こうにいる。乙女達の誰も踏み込めなかった場所にいる。みか子は後ずさりをした。あまりにあほみたいな事態にたじろいでしまった。こんな真実では噂よりも信じることが難しい。乙女達は決してこの真実を信じないだろう。みか子は今、自分がいる世界を怖いと思った。ここから出たいと思った。乙女達の噂ばかりの世界に戻りたいと思った。みか子も乙女だった。真実なんか必要なかったのだ。こうなった以上、みか子はもう二度と噂を信じることはできない。噂を信じなければ、乙女ではいられない。バッハマン教授はぎろりとみか子を睨《にら》んだ。

「ミカコ。暗唱してみなさい」

　バッハマン教授の暗唱のモットーは「いつでも、どこでも、便所でも」である。みか子は暗唱を始める。やっぱり、同じ所で止まる。忘れてしまう。ちっとも思い出せない。そこに乙女の言葉があるのだ。バッハマン教授はみか子に尋ねる。

「ミカコ、四月九日の夜、アンネ・フランクは本当に無事でしたか。命拾いしましたか」

「……はい」

アンネ自身が日記に『命拾いしました』と書いている。現にアンネが隠れ家から連行されたのはこの日ではない。バッハマン教授は本棚から『ヘト　アハテルハイス』を取り出す。

「ミカコ、『ヘト　アハテルハイス』とはオランダ語でどういう意味ですか」

「後ろの家、です」

オランダ特有の建築方式で、建物の後ろの部分を意味する。アンネ自身が日記をつけている時にこのタイトルを考えた。本国オランダではこのタイトルで日記は出版された。みか子は思い知る。そうなのだ。アンネは「ヘト　アハテルハイス」に隠れていた。「ヘト　アハテルハイス」はアンネ達の「隠れ家」だった。アンネは人に見つかることを最も恐れていた。アンネは決して人に知られてはいけない存在だった。存在を知られたら最後、生きていくことができないのだ。そんな日々が二年以上も続いたのだ。潜行生活中、アンネは精神の安定のために鎮静剤を服用している。

バッハマン教授はぱらぱらとページを開く。朗読する。

『一九四四年二月十六日　水曜日

ペーターがユダヤ人について話しました。ペーターはもし自分がキリスト教徒なら、事態はもっとましだっただろうなと言いました。戦争が終わったら、キリスト教徒になるのもいいなと言いました』

ペーターも思い知っている。ユダヤ人がユダヤ人のままでは生きていけない。自分が自分のままでは生きていけない。ペーターは仮面を必要としている。別の日の日記に、アンネはこの時代のユダヤ人法についても記録を残している。いくつもの禁止事項の中にこんな法律もある。

『ユダヤ人はキリスト教徒を訪問してはいけない』

ユダヤ人がキリスト教徒と対峙《たいじ》されている。ペーターがほしがっていたのは普通の仮面ではない。明らかな他者の仮面だ。息をひそめて身を隠していた人たちのアイデンティティはここまで追い詰められている。みか子は思い知る。これが『ヘト　アハテルハイス』の最大の悲劇だ。ペーターはためらう。

『キリスト教の洗礼を受けたいの？ とわたしはペーターに尋ねましたが、そういうわけでもないみたいです。ペーターはキリスト教徒みたいな気分にはなれないと言います』

バッハマン教授は朗読を続ける。

『でも、戦争が終わったら、僕がキリスト教徒なのか、ユダヤ人なのか誰にもわからないだろうとペーターは言います。僕がどういう名前かということも誰にもわからないだろうとペーターは言うんです。＊』

バッハマン教授は本をみか子に渡す。＊を指さす。

「アンネがつけた印です。この日の日記の最後にもう一つこの印があります。読んでみなさい」

みか子はページをめくる。＊を見つける。朗読する。

『＊PS．ペーターはこんなことも言いました。「ユダヤ人はいつだって選ばれた民族だったし、そのことはずっと変わらないだろう」』

ペーターはユダヤ人であることの誇りを失ってはいない。仮面を必要とする人の気持ちはこうして、矛盾する。どちらもペーターの切実な本心である。みか子は忘れていたアンネの言葉を思い出す。

『今、わたしが一番望むことは、戦争が終わったらオランダ人になることです！』

ミープ・ヒースの手記にもこの恐ろしい夜が明けた時の記録がある。

「アンネは胸の内を打ち明けました。

『わたしもオランダ人になりたい』

『戦争が終わったら、あなたのなりたいものになれるわ』」

アンネの言葉に答えたミープ・ヒースの言葉は皮肉だ。アンネのなりたかったものは何だろう。アンネはアンネのままでいたかったはずだ。この夜に、アンネが本当に一番望んだことは何だったのだろう。どちらだったのだろう。ユダヤ人でいることか。オランダ人になることか。この夜はすさまじい夜だった。一夜明けて、ミープが隠れ家にかけつけた時、アンネはひどく泣いてミープの腕の中に飛び込んできた。アンネは忍び寄る他者に怯《おび》えた。アンネがアンネのままではもう生きていけない。ユダヤ人であることをむき出しにしては生きていけない。もはや、他者と同化しなければ生きていけない。残酷な現実がある。ユダヤ人は他者と完全に同化できない。ユダヤ人はユダヤ人であり続けなければならない。そのことを望んでもいる。アンネ自身がそのことを悟っている。アンネはこの矛盾をどうすればいいだろうか。バッハマン教授が言う。

「アンネの自己とは存在することが許されないユダヤ人という自己です。アンネは他者に見つかることを恐れました。それほど他者によって追いつめられた自己です。アンネの自己は他者と共存できるでしょうか。自己が他者に侵食されてしまわないでしょうか。確かに、アンネはとてもオランダを愛していました。自身がドイツからの移民であるにもかかわらず、オランダが『祖国』になることを望んでいました。実際に、アンネは日記の中で何度もオランダのことを『祖国』と呼んでいます。祖国とは自己を自己たらしめるものです。ユダヤ人は長い歴史の間ずっと祖国を手に入れることができませんでした。しかし、祖国を追われ祖国を失ったユダヤ人をユダヤ人たらしめたのも祖国なのです。それは祖国への望郷の念によってです。何世代も何世代もユダヤ人は祖国を異郷の地から偲《しの》びました。ユダヤ人の祖国とは世代を超えた記憶の彼方《かなた》にあるのです。この受けつがれた記憶がユダヤ人をユダヤ人たらしめました。アンネは自らを『祖国を失った者』と語ります。それこそがアンネなのです。ユダヤ人なのです。アンネがオランダを『祖国』と呼ぶ時、それはもはやアンネの自己に反するのです。決して忘れないでください。ミカコがいつも忘れる言葉はアンネ・フランクを二つに引き裂く言葉です。アンネの自己に重くのしかかる言葉です」

バッハマン教授は問いかける。みか子にぐっと近づく。

「ミカコ、あなたに尋ねます。アンネ・フランクはこの夜、本当に無事でしたか。本当に命拾いしましたか」

みか子は後ずさりをする。悲劇は終わらなかった。アンネはまだ隠れていなければならないのだ。この後も、アンネは密告を恐れた。バッハマン教授の机の上にはいつものバラが一輪さしてある。「アンネのバラ」である。正式名称は「アンネの形見」である。アンネの死後にアンネを偲んで新しく品種改良された。バッハマン教授は言う。

「わたしはこのバラが好きです。わたしはアンネを悼《いた》みます。ただし、これは一本のバラです。乙女はこのバラをアンネと呼んではいませんか」

みか子はバラを見つめる。アンネは必死でアンネであろうとした。みか子の前に一本のバラが突き付けられる。これはバラである。それだけが真実である。みか子は真実の前でただ立ち尽くす。がたん！　急に後ろで物音がする。みか子は振り向く。いつのまにか、ドアが細く開いている。確かに、誰かいた。走り去る靴音がかつかつかつと慌《あわ》てて小さくなる。みか子は直感する。乙女だ。最も厄介な生き物だ。誤解されたのだ。みか子は焦《あせ》る。わたしは乙女らしからぬ行為なんかしていない。ただ、バッハマン教授と話していただけだ。ドイツ語を話していただけだ。みか子はバッハマン教授の研究室を飛び出す。靴音を追いかける。

「待って！」

返事はない。みか子は階段を駆け降りる。踊り場に飛び降りる。ちらりと人影が見えた。追いつける。みか子は走る。影は逃げる。姿が見える前にくるりと次の階段に姿を消す。みか子はあきらめない。靴音を追いかける。思わず叫ぶ。

「話を聞いて！」

真実を聞いてほしい。この靴音は確かに乙女なのだ。みか子は怖い。乙女というものは恐ろしい。どうしよう。噂《うわさ》が生まれてしまう。みか子は走る。靴音は逃げる。乙女には真実は何の価値もない。みか子はこの時ほど強く思ったことはない。わたしは真実を語りたい。真実は乙女の祈りの言葉ではない。かまわない。わたしは真実を語りたい。わたしは確かにドアの向こうにいた。ドアの向こうには真実があった。わたしは無実だ。何もしていない。わたしは清潔だ。それがわたしの正体だ。みか子はぐるぐると階段を駆け降りる。影はちらちらと目の前をよぎる。弾む息が聞こえる。マイクの前での沈黙の時みたいに、息の音だけが大きく響く。みか子は二階の階段を駆け降りる。ふと、靴音が消える。階段が終わったのだ。みか子は最後の階段を飛び降りる。目がくらむ。建物の外に出たのだ。太陽だ。一瞬、立っていられなかった。自分がどこにいるのかわからなかった。昼休みなので、外は乙女達でいっぱいだった。乙女達はくすくす笑っている。ひそひそ囁《ささや》いている。みか子は乙女の群れの中に飛び込んだのだ。ここでは真実は役に立たない。みか子は人影を見失った。

「みか子」

どきりとする。振り返る。麗子様だ。麗子様はいつもみたいに悠然と微笑《ほほえ》んでいる。

「みか子、練習がんばってる？」

あの人影は麗子様だろうか。麗子様に見られたのだろうか。麗子様はただ微笑んでいる。みか子の息はまだ弾んでいる。麗子様になんと返事をしていいかわからない。麗子様はじっとみか子の返事を黙って待っている。暗唱の時に、みか子が思い出すのを待っているみたいだった。ふと、みか子は思い出す。少女の頃に知った真実を思い出す。

（わたしは密告される。必ず密告される）

アンネは密告された。密告されてアンネは忽然《こつぜん》と姿を消したのだ。みか子は走りだす。麗子様から逃げる。

「みか子！」

麗子様がみか子を呼ぶ。みか子は振り向かない。返事なんかしない。みか子は知っているのだ。この結末を思い出したのだ。みか子は密告者を恐れる。アンネみたいに、かたかたと密告者の影におびえる。わたしは乙女らしからぬ行為なんかしていない。わたしはただドイツ語を話していただけだ。それだけだ。それがわたしの真実だ。やましいことなんかまったくない。わたしはもう乙女ではないのだろうか。みか子にはわからなかった。

みか子は放課後の自主トレに出なかった。麗子様が怖かった。麗子様になんと言えば身の潔白を証明できるかわからなかった。そんな方法などあるはずがないと知っていた。あの靴音は麗子様ではないかもしれない。麗子様かもしれない。真実はわからなかった。みか子はいつもより早いバスに乗って家に帰った。麗子様のことを考えた。今頃、麗子様はひとりで練習しているだろう。麗子様はみか子のことをどう思っているだろうか。みか子もまた他の乙女達と同じように噂を信じたと思うだろう。そう考えると、みか子はつらかった。噂が嘘《うそ》であることだけはみか子はちゃんと知っていたのだ。バッハマン教授はアンゲリカ人形に話しかけていただけなのだ。あの人のことだから、あんなあほなことを毎日やっているのだろう。麗子様は乙女だ。それは真実だ。肝心なことがやっとはっきりしたのに、みか子は麗子様がもう信じられなかった。麗子様のことがわからなかった。麗子様はみか子を脅《おびや》かす人かもしれないのだ。

アンゲリカ人形が誘拐された。バッハマン教授は顔面蒼白《そうはく》になっていた。

「乙女の皆さん。果たして、こんなことがあるのでしょうか」

ないと思う。誰も真に受けなかった。みか子はあきれた。どうしてこんな時にバッハマン教授は訳のわからない事件に巻き込まれるのだろう。事件かどうかもあやしい。ただ、うっかりアンゲリカ人形をどこかに落としただけではないのか。バッハマン教授は学内のあちこちにビラを貼《は》った。

「犯人へ。電話してきてください。身代金《みのしろきん》はいくらでも出します。本当です」

アンゲリカ人形の写真も貼られていた。「去年の夏・二人で海に行った時」と撮影時期まで明記されていた。ビラには注意書きも書かれていた。

「＊どうか、夜寝るときはアンゲリカにモーツァルトを聴かせてください。ベートーベンはだめです。怖がります。本当なんです」

みか子は駅にもこのビラを見つけた。バッハマン教授は駅でアンゲリカ人形とはぐれたらしい。このビラに目を留める人はいなかった。今日は朝から、バッハマン教授のゼミだった。こんな人のゼミを受けるなんて、つくづくあほらしいとみか子は思った。いつものバスにバッハマン教授は乗っていなかった。みか子は貴代にも会わなかった。嫌な予感がした。みか子は教室に入る。乙女達が誰もいない。おかしい。教室にはアンゲリカ人形のビラが貼ってあった。みか子は絶句した。マジックで落書きがされていた。

「身代金　七・五ギルダー」

みか子は直感した。すでに、わたしは密告されたのだ。ついに、来るべき時が来た。アンネ・フランクは七・五ギルダーで密告された。わずかなお金である。潜行生活中に、ミープの同僚がアンネに贈ったスカートの値段が七・七五ギルダーだった。

みか子は考える。そういえば、数日前から乙女達の態度がよそよそしかった。乙女とは潔癖な生き物だ。先週のゼミの人数も減っていた。麗子様の噂だけが原因だと思っていた。そうではなかったのだ。みか子の噂も蔓延《まんえん》していたのだ。もうすぐ授業が始まる。バッハマン教授のゼミの時、いつも乙女達は三十分前に登校する。予習や練習の打ち合わせをお互いに入念にして、スパルタ式のゼミに備えるのだ。それが今日は始業直前になっても誰も姿を現さない。みか子は空っぽの教室で、アンゲリカ人形のビラの前で立ち尽くす。密告者は恐ろしいことをした。隠れていたアンネの存在を暴《あば》いた。みか子はかたかた震える。わが身を案じる。一体、わたしはどうなるだろう。密告されたアンネは二度と帰ってこなかった。

教室のドアが開く。麗子様だ。この人だ。みか子は確信する。麗子様が密告したに違いない。麗子様が静かな口調で言う。

「ああ、ついに」

麗子様が空っぽの教室を見て、事態を察する。きっと、麗子様もみか子の噂を聞いていたのだろう。チャイムが鳴った。二人とも口をきかない。ただ、黙ってバッハマン教授を待った。バッハマン教授はいつまでたっても来なかった。しばらくしてから、教務課の職員が休講を知らせに来た。バッハマン教授はアンゲリカ人形がいなくなったショックで寝込んでしまったらしい。さっき、バッハマン教授から電話があった。二人は黙ったままだった。どうしたらいいかわからなかった。沈黙に堪えかねて、みか子は言った。

「あの、あたしは無実なんです。ドイツ語を話してただけなんです」

身の潔白を証明しようとした。麗子様は鼻で笑う。

「そんな言葉で乙女が人を信じられると思う？」

その通りだった。実際に、麗子様の身の潔白は明らかにならない。乙女達はずっと麗子様を疑っている。そうだ。みか子は思いつく。

「あの、わたしの暗唱、聞いてもらえますか」

そうすれば、身の潔白を証明できるような気がした。今すぐ、麗子様の前でドイツ語を話せばわかってもらえる気がした。それだけがみか子にできることだった。みか子は演壇にあがる。マイクのスイッチを入れる。暗唱を始める。麗子様の前でドイツ語を話す。これこそが真実なのだ。みか子の暗唱はするすると進む。麗子様はじっとみか子を見ている。何かを確認するみたいに、みか子の言葉をじっと聞いている。いつもの場所にさしかかる。『命拾いしました』の後だ。ぴたりとみか子は止まってしまう。やっぱり、思い出せない。ああ。みか子は呻《うめ》く。苦しい。今こそ、みか子は言葉が必要だった。時間だけが過ぎる。麗子様が静かに言う。

「オランダ人」

ああ。みか子は思い出す。初めて、演壇でこの文を思い出す。

『今、わたしが一番望むことは、戦争が終わったらオランダ人になることです！』

麗子様が深く頷《うなず》いてこの文を聞いてくれる。無事に暗唱が終わる。麗子様が拍手する。みか子は安堵《あんど》する。身の潔白を証明できたのだろうか。

「あの、わたしは無実です。信じてくれはりますか」

「わからへん。みか子は怪しい」

麗子様だって怪しい。密告者かもしれない。麗子様はファン・マーレンみたいだ。最も疑わしい人だ。ファン・マーレンとはアンネの密告者として最も強く疑われた人物である。アンネの隠れ家は会社の中にあった。ファン・マーレンは会社の倉庫番として働いていた。アンネは日記の中でこの男に密告されることを恐れていた。ミープ・ヒースや会社の他の人間もファン・マーレンをとても警戒していた。ファン・マーレンは会社の中に何か秘密があることを感づいていた。誰かが隠れているのではないかと疑っていた。ファン・マーレンは真実を知りたがっていた。

「あたしも無実やよ」

麗子様が言う。自分の噂のことを言っている。みか子は頷く。それはよくわかっている。あの日、みか子は真実を見た。確かに、麗子様は乙女なのだろう。スピーチの練習も誰よりも熱心だ。麗子様はみか子のそんな思いなんか知らないみたいだった。自分の噂を気にしていた。

「あたしは乙女やねん。ほんまやねん」

麗子様が切実な目をした。

「ほんなら、麗子様は身の潔白を証明できはりますか」

これが最も難しいことだ。これができないから、噂が広がるのだ。

「できるよ、あたし」

麗子様がさらりと言う。

「あたしがアンゲリカ人形を誘拐してん」

「ええっ！」

みか子は腰を抜かした。本当に誘拐だったのか。

「な、なんでそんなあほなことを……」

訳がわからなくて、みか子は絶句してしまう。麗子様の目に涙がたまる。

「出来心やってん！　あの日、あたしはいつも通り、バッハマン教授をストーカーしててん。バッハマン教授が電車の中でよだれを垂らして居眠りしてはってん。ことん、てアンゲリカ人形が床に落ちて、あたしは自分のものみたいにアンゲリカ人形を拾ってん。そのまま、アンゲリカ人形を抱きしめて、電車を降りてん。誰も怪しまへんかった。周りは誰も変な目で見ぃひんかった。バッハマン教授みたいな人がアンゲリカ人形を持ってはるより、あたしみたいな乙女が持っている方がずっと自然やろ」

目的はいったい何なのだ。なぜ、そんな奇行に走るのだ。

「あたしはアンゲリカ人形に嫉妬《しっと》してるねん……」

ますます驚く。

「バッハマン教授はアンゲリカ人形のことしか見てはらへんねんもん」

麗子様がぽろぽろと涙を流す。

「ほんまやよ。あたし、バッハマン教授が好きやったけど、ちっとも振り向いてもらえへんかったんよ」

麗子様は確かに乙女だ。

「アンゲリカ人形はあたしの家にかくまってる」

「かくまってる」という言い方を麗子様はした。戦後、ファン・マーレンは密告者として誰よりも強く疑われた。そのファン・マーレンの無実を確信したのは最もファン・マーレンを警戒していたミープ・ヒースだった。なぜか。戦時中、ファン・マーレンも自宅に人をかくまっていたのだ。ファン・マーレンはこの事実をもって、ミープ・ヒースに対しては身の潔白を証明した。

「アンゲリカ人形は無事やよ。毎晩、モーツァルトも聴かせてるねん。レクイエム……」

そんなことをしても、アンゲリカ人形は死なない。アンゲリカ人形は人形なのだ。

「麗子様は七・五ギルダーを受け取らはるつもりですか」

麗子様は首を振る。

「あれはあたしが書いたんとちゃう！」

みか子は驚く。他に誰かいるのか。麗子様が密告者ではないのか。あの時の人影は麗子様ではないのか。

「みか子、アンゲリカ人形を預かってくれへん？」

「い、嫌ですよ……」

おかしなことに巻き込まないでほしい。ただでさえ、みか子は今大変な時なのだ。ますます事態がややこしくなる。

「お願い！　あたし、アンゲリカ人形の目が嫌いやねん！　一緒にいるのがしんどいねん！」

麗子様が鞄《かばん》の中からアンゲリカ人形を取り出す。持ち歩いていた。問答無用だった。

「ありがとう！　みか子」

「な、なんでこんなことになるんですか」

アンゲリカ人形はみか子の腕の中に収まっていた。抱いてみて驚いた。アンゲリカ人形は見た目よりもずっしりと重かった。生き物の体重みたいな重さをちゃんと持っていた。

「毎晩、モーツァルトを聴かせたげてね。ベートーベンは絶対あかんよ。バッハマン教授が心配しはるから」

麗子様は自分の宝物みたいに、アンゲリカ人形をみか子に託した。

「曲はレクイエムじゃなくてもええんよ」

麗子様は本当にバッハマン教授が好きだった。バッハマン教授を悲しませている罪に堪えられないみたいだった。仕方なく、みか子は人目をはばかってアンゲリカ人形を家に連れて帰った。アンゲリカ人形は無口だった。自分が隠れているのを知っているみたいだった。みか子はアンゲリカ人形の静けさが怖かった。生きた人が息を潜めているみたいな静けさなのだ。みか子は静けさに堪えられなくて、古いラジオをつけた。モーツァルトが流れる。大音量にびっくりする。思わず、アンゲリカ人形を抱きしめる。とっさに思う。誰にも見つかってはいけない。心臓がどきどきする。こんなクラシック音楽を流すことがあまりに不用心に思われる。みか子はラジオの音量を下げる。アンゲリカ人形を抱きしめ、音楽が終わるのをひやひやしながら待つ。アンゲリカ人形と目が合う。ようやく、音楽が終わる。ラジオを切る。静寂には安堵できない。家の中は暗い。京都の家は人が隠れるのにちょうどいい。人の気配を消してくれる。今日はこの暗さが怖い。ここは「ヘト　アハテルハイス」みたいだ。遠くで豆腐屋のラッパが聞こえる。怖い、とみか子は思う。豆腐屋が来る。ラッパを鳴らす。各家の女たちが出てくるのを待つ。みか子は格子《こうし》の間から見ていた。豆腐屋はいつまでもみか子の家から人が出てくるのを待った。誰かいるのをわかっているみたいに、みか子の家に向けてラッパを吹いた。みか子は豆腐屋が路地を出ていくのを待つ。自分の存在を知られたくないと思った。路地の角を曲がる前に豆腐屋はもう一度みか子の家をちらりと見た。ラッパを鳴らして遠ざかっていく。みか子は安堵する。わたしは見つからなかった。いつのまにか外はすっかり黄昏《たそがれ》時だ。家の中が暗いはずだ。みか子は冷蔵庫の扉を開ける。光がほしかった。この暗い現実を照らし出す光がほしかった。真っ先にアンゲリカ人形が照らし出される。みか子は実感する。アンゲリカ人形はまるでアンネみたいだ。こんなにひやひやして、アンネ・フランクをこの腕にかくまっているみたいだ。みか子は考える。それなら、わたしは一体誰だ。ミープ・ヒースか。ミープ・ヒースはアンネの関係者の中で唯一《ゆいいつ》の生存者だ。現在、百歳だ。ミープはただ一人今も当時の真実を語れる人だ。真実を記憶している人だ。みか子はアンゲリカ人形を強く抱きしめる。みか子は安堵する。やっと、言葉を見つけた。名前を見つけた。わたしはミープ・ヒースだ。アンネの潜行生活を援助した。これが答えだ。ミープはアムステルダムでの『ヘト　アハテルハイス』の初演を見た時の感想をこう述べている。

「あの演劇を見るということはとても貴重な経験でした。わたしは舞台に出てくるのが役者ではなくて、本物の隠れ家のあの八人だったらと願ってしまいました」

みか子は暗い客席から明るい舞台を見上げたミープの目で現実の世界を見る。みか子はそこに真実を探してしまう。みか子は考える。みか子はこの暗い現実の世界の成り行きを知っている。『ヘト　アハテルハイス』は予言している。アンネは密告される。アンゲリカ人形は誰かに密告される。これは避けられない。みか子は考える。一体、誰がアンネ・フランクを密告したのだろう。未《いま》だに誰がアンネを密告したのかということは明らかになっていない。六十年以上の歳月が経《た》っても、様々な憶測が飛び交っている。真実は闇《やみ》の中だ。みか子は真実が知りたい。少女の頃からみか子は知りたかった。一体、誰がアンネ・フランクを密告したのか。この真実をどうしても知りたかった。密告者は確かに存在するのだ。確かに誰かがアンゲリカ人形のチラシに「七・五ギルダー」と落書きしたのだ。オランダ警察にも記録が残っているのだ。誰かが隠れ家の住人八人を密告した。八人分の密告の褒賞金《ほうしょうきん》六十ギルダーを確かに誰かが受け取った。この数字が記載されている。ただし、密告者の名前は記載されていない。麗子様が密告者なのか、麗子様の他に密告者がいるのか、みか子にはわからなかった。

翌日の朝、みか子は自主トレに行った。久しぶりだった。麗子様が先に来ていた。他に乙女達はいなかった。貴代もいなかった。麗子様はみか子の姿を見ると、駆け寄ってきた。

「みか子、アンゲリカ人形は元気？　ちゃんとモーツァルトを聴かせてる？　誰にも見つかってない？」

麗子様はアンゲリカ人形のことばかり尋ねた。

「お腹《なか》、痛いとか言うてはらへん？」

「大丈夫です。アンゲリカ人形はすごく静かにしてはりますよ」

　麗子様はほっとしていた。こんな時でさえ、スピーチの練習を怠らなかった。麗子様はつかつかと演壇に立つ。麗子様がマイクの高さを調整する。マイクのスイッチを入れる。麗子様がスピーチを始める。原稿は演壇まで持っていかない。みか子の目の前に置いていく。麗子様の原稿はもうぼろぼろだ。すみれ組の百合子様でさえ、ここまで練習はしていない。みか子は大教室の椅子《いす》に座る。麗子様をまっすぐに見る。麗子様の顔が笑顔になる。スピーチ用の笑顔だ。麗子様は上手に顔を作る。発音も完璧《かんぺき》だ。麗子様は首を左右に回して、すべての聴衆に語りかける。スピーチはするすると進む。さすが、麗子様だ。

　急に、麗子様のスピーチが止まる。沈黙する。ぽつりと呟《つぶや》く。

「……忘れた」

　みか子は息を呑《の》む。初めて、麗子様のスピーチを見たときを思い出す。麗子様は一体、どうするのだろう。この記憶喪失にどう向き合うのだろう。みか子は麗子様をじっと見つめる。麗子様は慌《あわ》てない。無表情でじっと首を傾《かし》げている。忘れた言葉を思い出そうとしている。失ったものを取り戻そうとしている。麗子様は苦しまない。みか子は時計を見る。秒針はぐるりと回って、四分を過ぎた。刻々と時間が過ぎる。麗子様は止まったままだ。じっと一点を見つめている。

「あと三十秒です」

みか子の言葉にも麗子様は動揺しない。表情はちっとも変わらない。何かつまらない作業でもこなすみたいに記憶を探している。ぎゅっと詰まった箱から中のものをひとつひとつ取り出している。取り出してはこれは違うと放り投げる。これも違う。あれも違う。きっと、全部違う。麗子様は箱の結末をとっくに知っているみたいだ。箱の中がどんどん空っぽになっていくのを失望して見つめている。

「終了です」

さらに、みか子は制限時間の一分後まで待つ。麗子様は小さな溜息《ためいき》をつく。結局、思い出せなかった。

「なんやろなあ……」

麗子様は呟く。喪失感なんか抱いてはいない。そんなものに打ちひしがれてはいない。けろりとしている。みか子と違う。麗子様は演壇で考え込んでいる。答えは出ない。麗子様の箱の中はもう空っぽなのだ。延長の一分も過ぎる。

「ありがとうございました」

麗子様は一礼をする。つま先から美しく演壇を降りる。ウォーキングも完璧だ。

「あ、思い出した」

麗子様は首を傾げている。思い出したのに、納得していない。

「こんなんとちゃうんよね。あたしが思い出したい言葉は」

麗子様は失望している。今度こそ喪失感に襲われている。麗子様は思い出した言葉を一度も口から発することなく、ぽいと放り投げる。ちゃんと思い出したのに、がっかりしている。みか子は知る。麗子様は忘れることなんか本当に怖くないのだ。なんともないのだ。みか子は思い切って聞いてみた。

「麗子様はなんでコンテストに出続けはるんですか」

麗子様は負けることが怖くない。ライバルも怖くない。コンテストで勝つことは目的ではないはずだ。勝つことはもはや麗子様の身の潔白を証明することにならないのだ。麗子様に対する噂《うわさ》をさらに広めるだけなのだ。麗子様の目的はいったい何なのだ。

「言葉に出会うのを待ってるねん」

麗子様がぽつりと言う。

「あたしは身の潔白を証明したいねん。あたしは正真正銘の乙女やねん。乙女らしからぬことなんかしてへん。あたしは身の潔白を証明できる言葉に出会うのを待ってるねん。あたしを乙女やって証明してくれる言葉を待ってるねん。その日が来たら、みんなの前でその言葉を大きい声で言いたい。あたしは無実やって。あたしは乙女やって」

麗子様は忘れることを待っている。忘れなければ思い出せない。麗子様は忘れるためにスピーチをしている。

「思い出しても、全部、違う言葉ばっかりやねん。あたしの言葉が見つからへんねん」

次にみか子が暗唱をする。みか子はマイクの前で初めて、いつもの所を忘れなかった。暗唱は一度も止まらなかった。寂しい、とみか子は思った。みか子も身の潔白を証明してくれる言葉に出会いたかった。みか子にはいつも忘れるあの言葉が身の潔白を証明してくれるとは思えなかった。みか子は麗子様の気持ちがわかった。

忘れることをもう怖いとは思わなくなった。わたしも忘れたいと思った。身の潔白を証明してくれる言葉に出会いたいと思った。

アンゲリカ人形が見つかってしまった。母に見つかった。

「きゃ」

母はアンゲリカ人形を見て、軽く悲鳴を上げた。

「なんやの、気色悪いなぁ」

「しまった……」

みか子は小さく声をあげた。うっかりしていた。アンゲリカ人形をどこかに隠すのを忘れていた。アンゲリカ人形は座布団《ざぶとん》の上でラジオを聴いていた。ふと、みか子に不安がよぎる。密告されるだろうか。この日も母は夕方に濃い化粧をする。今からお店に行く。母はお酒に弱くなった。お酒を飲むとなんでもよく喋《しゃべ》る。みか子は決心した。アンゲリカ人形を明日の朝、麗子様に返そう。これ以上、アンゲリカ人形を守れない。アンゲリカ人形は必ず密告される運命にあるのだ。みか子はアンゲリカ人形を守らなければならない。それがミープの名前を持つ人の使命だ。真実を記憶する人の務めだ。アンゲリカ人形を守りたいのではなかった。ミープの名前を持つ自分を守りたかったのだ。みか子はアンゲリカ人形を鞄《かばん》に入れた。

翌朝、みか子の鞄はずっしりと重かった。この重さがみか子を不安にさせた。家でかくまっている時よりも、アンゲリカ人形が人に見つからないか不安になった。

「麗子様！」

大学に着くと、みか子はすがるような思いで麗子様に駆け寄った。麗子様の口からは驚くべき言葉が出た。

「アンゲリカ人形をバッハマン教授に返してあげたい」

「そんなん嫌です！」

みか子は反対した。どんなことがあっても、アンゲリカ人形をかくまい続けなければならない。みか子は真実を記憶していたい。ミープみたいに、長く真実を記憶していたい。絶対に忘れたくない。噂は一向に収まらない。乙女達はずっと囁《ささや》いている。

「みか子は乙女ではない」

今や、真実を記憶できるのはミープしかいないのだ。みか子にとっての真実はただ一つだ。わたしは無実だ。わたしは乙女だ。

「だって、バッハマン教授がかわいそうやねんもん」

麗子様は乙女だ。一途《いちず》にバッハマン教授のことを思っている。

「みか子、こんなことはもう終わりにしよう」

「麗子様から始めはったことやないですか！　何を言うてはるんですか！」

みか子は今さら引き下がることはできない。噂がみか子を追いつめていた。みか子の無実を信じてくれる人は誰もいなかった。みか子は真実にしがみついていたかった。急に、麗子様は演壇に上がる。マイクのスイッチを入れる。

「みか子、聞いてちょうだい。今から、暗唱します」

『一九四四年八月一日　火曜日』

日記の最後の日だ。この三日後、アンネ・フランクは『ヘト　アハテルハイス』から姿を消す。ゲシュタポに捕まる。密告されてしまったのだ。麗子様が暗唱をする。麗子様はすらすらと暗唱をする。決して忘れない。麗子様が二年生の時、この日の日記の一部が暗唱の部のテクストだった。麗子様は一部だけでなく、この日の日記を全《すべ》て暗記していた。

『わたしの精神は二つに別れてしまっているんです。一つは自由奔放な快活な性格で、どんなことでもおもしろがる陽気な性格です。あらゆる物事を軽く考えてしまうんです』

アンネはこの精神のことを「アンネNo.1」と呼んでいる。

『このアンネはアンネと呼ばれているものの半分にしか当たりません』

もう一人の自分のことをアンネは「純粋なアンネ」、「真面目《まじめ》なアンネ」、「無口なアンネ」とさまざまに呼んでいる。麗子様の暗唱は続いている。

『純粋なアンネはアンネNo.1とは正反対の反応をするのです』

「あの……」

みか子は手を挙げる。

「麗子様、違います」

麗子様が言い間違えをした。ここでのもう一人のアンネの名前は、「純粋なアンネ」ではない。麗子様はストップウォッチを止める。一瞬、考える。

「思い出した」

麗子様は言う。

「『無口なアンネ』や。この言葉や」

麗子様は沈黙する。もう何も言わない。ストップウォッチは五分三十三秒一二で数字が止まっている。麗子様はストップウォッチを外す。かたん、とマイクの前にストップウォッチを置く。どんなことがあっても、首からストップウォッチを外したことはなかった。

「麗子様、まさか……!」

まるで、山口百恵《ももえ》だ。ラストコンサートで舞台にマイクを置いて立ち去った。これは昭和の引退儀式のパロディだ。

「そうやよ、みか子」

ついに、麗子様は決断したのだ。麗子様は一礼をする。演壇を降りる。

「麗子様!」

みか子は麗子様に駆け寄る。麗子様は静かに言う。

「みか子、わかってくれるやんね? アンゲリカ人形をあたしに返してくれる?」

「……わかりました」

本当はよくわからなかった。みか子は呆気《あっけ》にとられた。みか子はアンゲリカ人形を麗子様に渡す。アンゲリカ人形は今日も無口だった。ずっと無口だった。麗子様はアンゲリカ人形を抱きしめる。

「ほな!」

麗子様は走って教室を出て行った。

「麗子様!」

麗子様は振り向かなかった。これが麗子様を見た最後だった。


コンテストが近づいていた。その後、麗子様はゼミにも自主トレにも出てこなかった。麗子様のストップウォッチだけがいつまでも演壇に置かれていた。麗子様がコンテストを辞退することは誰の目にも明らかだった。貴代がストップウォッチの数字を見つめる。五分三十三秒一二。

「何があったんや……」

みか子は本を開く。

「麗子様は最後の日を暗唱しはってん」

貴代は自分のストップウォッチを押す。八月一日の日記を朗読する。五分三十三秒でストップウォッチを止める。貴代の朗読は「無口なアンネ」のところでぴたりと止まる。貴代はそれが麗子様の最後の言葉だと知る。

「麗子様は乙女や……」

貴代は断言した。マイクのスイッチが入っていた。全ての乙女が貴代の言葉を聞いた。乙女達は深く頷《うなず》いた。誰もがもう麗子様を疑うことをやめた。ただ沈黙していた。

噂は新しい様相を見せた。麗子様についての噂はこれ以上膨らむことはなかった。大学は冬休みに入った。休み明けには、麗子様の噂は完全に収束していった。コンテストに出ないということが、いよいよ麗子様の無実を証明したのだ。乙女達は噂した。麗子様は被害者だったのだ。乙女達は麗子様に同情した。麗子様はか弱き乙女だ。「無口なアンネ」という言葉は確かに麗子様が待ち望んだ言葉だった。麗子様はその言葉を手に入れたが、二度とマイクの前に立つことはなかった。乙女達の前に姿を見せることもなかった。次に乙女達は噂した。麗子様は一体どこに行ったのか。最も有力な噂は麗子様がみか子の家にかくまわれているというものだった。相変わらず、みか子は噂の渦中《かちゅう》にいた。密告者が誰なのか未《いま》だにわからなかった。

みか子はコンテストに出場するのをやめようと思っていた。そうすれば、麗子様みたいに身の潔白を証明できるかもしれないのだ。理由はそれだけではなかった。コンテストに出るのが怖かった。忘れることが以前よりも怖くなっていた。コンテストが近づくにつれて、みか子の暗唱のパフォーマンスはどんどん良くなった。発音もイントネーションも改善された。人前で暗唱することにもそれほど緊張しなくなった。不安材料はひとつひとつ減っていった。たったひとつだけ、忘れるという恐怖だけがいつまでも残った。この恐怖は日に日に大きくなった。時々、夢でもうなされる。実際には自主トレでもゼミでもみか子は暗唱を忘れることは少なくなっていた。「オランダ人」の文も最近はほとんど忘れなかった。ただ、忘れるという恐怖だけがみか子を苦しめた。他の乙女達も同じだった。皆、神経質になっていた。常に原稿を持っていて、うなされるみたいにぶつぶつと暗唱をしていた。三階女子トイレでの舌戦もしばらくは休戦だった。乙女達はいつでもどこでもトイレでも暗唱していた。誰かがどこかを忘れると、組を問わず助け合ったりしていた。

ある日のことだった。その日はバッハマン教授のゼミの日だった。みか子はゼミに行かなかった。「ヘト　アハテルハイス」のような京町屋の暗さの中でじっとしていた。みか子はバッハマン教授のゼミもやめようと思っていた。噂はますます広がっていた。みか子はもう我慢できなかった。乙女らしからぬ噂には堪えられなかった。みか子は乙女だった。それは真実だった。

大きな車が細い路地に入ってきた。古い木の溝蓋《みぞぶた》の上をタイヤががたがた走った。車はみか子の家の前にとまった。みか子は時計を見た。午前十時を過ぎた頃だった。嫌な時間だと思った。みか子は『ヘト　アハテルハイス』を抱きしめた。「ヘト　アハテルハイス」の前にゲシュタポの車がついたのもこの時間だった。車の中からバッハマン教授が出てきた。アンゲリカ人形を抱きしめていた。きっと、麗子様が返したのだろう。

「ここにレイコはいますか」

バッハマン教授は麗子様を探しに来たのだ。みか子は嫌悪感《けんおかん》を覚えた。どうして、噂なんか信じたりするのだろう。みか子は真実を記憶している。忘れることにとても怯《おび》えている。

「あんな噂は嘘《うそ》です！　わたしは乙女です」

「ミカコならレイコをかくまっていると思いました」

今、誰もかくまっていないことをみか子は重大な手落ちみたいに思った。どうして、今ここに麗子様もアンゲリカ人形もいないのだろう。どうして、わたししかいないのだろう。ミープ・ヒースがひとりでいるはずがないのだ。みか子は思った。何かの辻褄《つじつま》が合っていない。

奥から、母が出てきた。まだアルコールの匂《にお》いがしていた。母はバッハマン教授を見て怪訝《けげん》そうにした。

「おたく、誰ですのん？」

「ジルバーバウアー」

みか子が答えた。ジルバーバウアーは一九四四年八月四日にアンネを逮捕し連行したゲシュタポの警察官だ。

「ああ、そうですのん」

母は納得して台所に戻って行った。母は遅い朝食の用意をしていた。バッハマン教授の声が怒りで震えていた。

「そ、それはわたしの名前ではありません。他者の名前です！」

みか子はバッハマン教授に言う。

「そやけど、麗子様はやっと言葉を見つけはったんです。麗子様は名乗らはったんです。それが『無口なアンネ』でした」

バッハマン教授の顔色が変わる。

「なんてことを！　そんなことは絶対に許されません。誰もアンネの名前を騙《かた》ってはいけません。アンネの名前はアンネのものです。アンネだけのものです」

「でも、麗子様は乙女として身の潔白を証明できはりました」

「違います！　レイコはあんなにスピーチを愛していました。マイクの前にいる時こそ、レイコはレイコでいられたのです！」

みか子ははっとする。みか子は麗子様に憧《あこが》れてスピーチを始めたのだ。麗子様は美しく言葉を思い出す人だった。ずっと言葉を探し続ける人だった。麗子様は沈黙の人ではなかった。マイクの前にいるべき人だった。

「ミカコはコンテストに出てください」

「わたしはコンテストには出ません」

「なぜですか」

「忘れることが怖いからです」

バッハマン教授が首を振る。

「ミカコ。忘れることを恐れてはいけません。アンネ・フランクという名前だけを覚えていれば充分です」

暗唱にはルールがある。暗唱の最後に必ずアンネの名前を言わなければならない。暗唱を途中で棄権する場合でも必ず、アンネの名前だけは言わなければならない。アンネは日記を手紙形式で書いていた。そのため、ほとんど必ず、アンネは日記の最後に差出人として自分の名前を書いた。常々、バッハマン教授は『ヘト　アハテルハイス』の中で一番大事なのはアンネの名前だと言っている。「アンネ・フランク」という名前をどの単語よりも丁寧に発音練習させている。

「ミカコ。アンネがわたしたちに残した言葉があります。『アンネ・フランク』。アンネの名前です。『ヘト　アハテルハイス』の中で何度も何度も書かれた名前です。ホロコーストが奪ったのは人の命や財産だけではありません。名前です。一人一人の名前が奪われてしまいました。人々はもう『わたし』でいることが許されませんでした。代わりに、人々に付けられたのは『他者』というたったひとつの名前です。異質な存在は『他者』という名前のもとで、世界から疎外《そがい》されたのです。ユダヤ人であれ、ジプシーであれ、敵であれ、政治犯であれ、同性愛者であれ、他の理由であれ、迫害された人達の名前はただひとつ『他者』でした。『ヘト　アハテルハイス』は時を超えてアンネに名前を取り戻しました。アンネだけではありません。『ヘト　アハテルハイス』はあの名も無き人たち全《すべ》てに名前があったことを後世の人たちに思い知らせました。あの人たちは『他者』ではありません。かけがえのない『わたし』だったのです。これが『ヘト　アハテルハイス』の最大の功績です。ミカコは絶対にアンネの名前を忘れません。わたし達は誰もアンネの名前を忘れません」

みか子はまだためらっていた。コンテストに出れば、みか子は乙女達に疑われてしまう。乙女でないと烙印《らくいん》を押されてしまう。乙女達にみか子は「他者」にされてしまう。みか子は思う。わたしはわたしでありたい。わたしは乙女である。

「ミカコ、知っていますか。数日前の話です。一月十一日にミープ・ヒースが亡《な》くなりました。百歳でした。ミカコ、アンネの関係者はもう誰もいません。残されたわたし達は真実を忘れてはいけません。どうか、忘れるということと戦ってください」

みか子は驚いた。『ヘト　アハテルハイス』を畳の上に落してしまった。本でなければ、ぱりんと音をたてて割れてしまったことだろう。

「どうか、『アンネ・フランク』を思い出してください。『アンネ・フランク』とは一体誰ですか。ミープがあんなに必死で守ったあの少女は一体何者ですか。乙女の記憶からはアンネの本当の姿が奪われています」

「……コンテストに出ます」

みか子は決意した。ミープ・ヒースはアンネ達が密告された数日後に、ゲシュタポ本部のジルバーバウアーのところまで行った。アンネ達を取り返すために賄賂《わいろ》の交渉をしたのだ。

「ミカコ、わたしはあなたを待っています」

バッハマン教授は帰っていく。バッハマン教授の腕にはアンゲリカ人形がしっかりと抱かれていた。みか子は今しがたアンゲリカ人形がこの家から奪い去られたみたいに思えた。みか子は勇気を振り絞る。わたしは「アンネ・フランク」を取り戻しに行く。

コンテスト当日になった。麗子様はいなかった。「おほほほほ」と百合子様が笑っていた。バッハマン教授が審査員長だった。今日もアンゲリカ人形を抱いていた。アンゲリカ人形はいつもより着飾っていた。髪には赤いリボンが結ばれていた。バッハマン教授は蝶《ちょう》ネクタイを締めていた。乙女達は皆、忘れることに怯えていた。あまりに怖くて、コンテストが始まる前に帰ろうとする乙女もいた。コンテストで必ず見られる光景だった。百合子様と貴代が必死で引きとめていた。みか子も怖かった。みか子は知っていた。ミープはアンネを取り戻すことはできなかった。

コンテストが始まった。暗唱の部からだった。誰かが舞台で忘れるたびに、みか子はどきりとした。乙女達は記憶喪失に怯えていた。貴代の番になった。貴代のスピーチは順調に進む。誰もが苦手な発音も貴代は楽々とクリアしている。みか子は手に汗を握る。もうすぐ貴代の苦手なイントネーションの所だ。「タカヨ、タカヨ」と怒られながら、練習していた。

「……」

貴代が急にとまる。あれほど練習したところだ。「Königin」のところだ。あの日、貴代が正しく発音して見せた言葉だった。イントネーションがおかしいだけで、練習で忘れたことなど一回もなかったはずだ。貴代が沈黙する。言葉を探す。時間が過ぎる。貴代！　みか子は祈る。思い出して！　あなたは乙女だ。「女王様」だ。

「ぱぱぱぱぱーぱぁ！」

貴代が叫ぶ。力いっぱい叫ぶ。今日の貴代はいつもよりも捨て身だ。会場が静まり返る。呆気《あっけ》にとられる。

「タカヨ！」

スピーチ中にバッハマン教授から異例の喝が飛ぶ。貴代はそのまま黙りこんでしまう。まだ忘れたところを思い出せないでいる。貴代はイントネーションばかり練習しすぎたのだ。バッハマン教授の席からぼきりと鉛筆の折れる鈍い音がした。

「タカヨ！　タカヨ！　タカヨ！」

バッハマン教授は何度も貴代の名前を呼んだ。それが一番大事な言葉であるかのように必死で呼んだ。貴代はその場に立ちつくしてじっとそれを聞いていた。タイムオーバーの制限時間である一分間のベルが鳴るまでバッハマン教授は貴代の名前を呼び続けた。貴代が忘れた言葉を思い出すのを許さないみたいだった。貴代の名前がドイツ語の別の言葉に置き換えられるのを阻止したいみたいだった。貴代は何にも思い出さないまま、たくさんの自分の名前をただじっと聞いていた。一分間のベルが鳴った時、貴代はスピーチが無事に終わった時みたいに言った。

「ありがとうございました」

啞然《あぜん》として誰も拍手をしなかった。バッハマン教授だけが力いっぱい拍手をしていた。

「タカヨ！　タカヨ！　タカヨ！」

そう叫びながら、いつまでも拍手をしていた。客席に戻ってきたとき、貴代は呟《つぶや》いた。

「あたし、思い出した……」

貴代は忘れたのではなかった。貴代はもう名前の言えない迷子なんかではなかった。

「貴代……」

みか子は小さな声で貴代の名前を呼んだ。一番大事なものが何なのか、思い出せそうな気がした。すぐに忘れることの恐怖がみか子を襲った。みか子の順番が近づいていた。

とうとう、みか子の番になった。みか子は小さく息を吐くと、暗唱を始めた。いつものように前半は順調に進んだ。

『今や、今やわたしはまたも命拾いしました』

ぴたりとみか子は止まった。いつもの所だった。記憶喪失だ。確かに、スピーチコンテストには魔物が存在する。客席の乙女達がじっとみか子を見る。みか子は沈黙する。バッハマン教授と目が合う。バッハマン教授が言う。

「ゆっくりやってください」

みか子は後ずさりする。ジルバーバウアーのセリフだった。この言葉は隠れ家に踏み込んだジルバーバウアーのせめてもの温情なのだ。アンネ達は連行されるために、荷物をまとめなければならなかった。その時、ジルバーバウアーはある真実を知って驚いた。アンネの父が第一次世界大戦の時にドイツ軍の兵士だったのだ。ジルバーバウアーと同じドイツ軍の人間だった。他者ではなかった。戦後、アンネの父は証言している。この時、ジルバーバウアーは「今にも敬礼をしそうだった」。それはできなかった。ジルバーバウアーはアンネ達を逮捕しなければならなかった。ジルバーバウアーは知っていた。アンネはユダヤ人だ。密告者からこの真実を聞いたのだ。バッハマン教授はベルにかけていた手を放す。制限時間が過ぎてもバッハマン教授はベルを鳴らさない。時間をぴたりと止めてしまう。ただじっと、みか子が思い出すのを待っている。みか子は忘れることと戦う。バッハマン教授はいつも言うのだ。

「乙女の皆さん、アンネ・フランクを正しく思い出してください」

みか子は沈黙する。考える。アンネの残した日記のタイトルは何だ。『ヘト アハテルハイス』だ。みか子は耳を澄ます。アンネの声を聞く。アンネは言う。『今、わたしが一番望むことは、戦争が終わったらオランダ人になることです!』

わたしは他者になりたい。この言葉だった。みか子に必要なのはこの言葉なのだ。みか子はこの言葉に出会わなければならなかった。バッハマン教授は深く頷《うなず》いてみか子の言葉を聞いた。みか子ははっとする。わたしはジルバーバウアーに真実を語ってしまった。ついに、わたしは自らを名乗ってしまったのだ。ジルバーバウアーに真実を語ったのは誰か。密告者だ。みか子は立ち尽くす。ついに、密告者の正体を知った。密告者はわたしだ。密告者に名前はない。わたしに名前なんかない。真実とは乙女にとって禁断の果実だった。みか子は一歩前に踏み出す。構わない。必要なのは真実だ。みか子は決意する。わたしは真実を語る。アンネ・フランクの真実を語る。

「わたしは密告します。アンネ・フランクを密告します」

会場がざわめく。みか子はやっと言葉を得た。自分の言葉で語る。わたしはアンネ・フランクを密告するのだ。

「アンネ・フランクはユダヤ人です」

バッハマン教授が深く頷く。これこそがアンネを追いつめた言葉である。アンネは忍耐したのだ。アンネはユダヤ人である自己に忍耐した。アンネはユダヤ人故《ゆえ》に死んだ。ついに、乙女は真実を語った。会場がしんと静まり返る。乙女達がじっとみか子を見つめている。みか子は暗唱を続ける。一九四四年四月九日の最後の部分を暗唱する。

『もし神様がこの戦争でわたしを生き残らせてくれたなら、わたしはお母さんがしてきたことよりもたくさんのことを成し遂げて見せます。ちっぽけな人間のままでいたくありません。わたしは世の中のために、人々のために働きたいと思います！そして、今やわたしは知っているのです。勇気と明るい気持ちこそが必要なのです！』

アンネはまだ十四歳だった。母親に対して反抗期だった。

みか子は大きく息を吸う。一番大事な言葉が残っている。アンネの名前である。この日の日記の最後にアンネは「マリー」というミドルネームの頭文字とともに自分の名前を書いている。『ヘト　アハテルハイス』の中でアンネは決して自分の名前を忘れなかった。ユダヤ人であることを思い知らされた一九四四年四月九日の夜さえ、自分の名前を書いたのだ。ユダヤ人であって一人の人間だった。みか子は語る。乙女はもう一度語らなければならないのだ。アンネ・フランクの名前を血を吐いて語らなければならないのだ。

『アンネ・M・フランクより』

参考文献

文中の暗唱テクストについては以下のドイツ語版の中のaバージョン（アンネ・フランク自身が最初に書いた日記で後日、補足や編集が加えられていないもの）をもとに赤染晶子の翻訳で作成しました。

Niederländisches Staatliches Institut für Kriegsdokumentation, *Die Tagebücher der Anne Frank*. Fischer, Frankfurt a. M. 1988

その際、以下のオランダ語の原書を参考にしました。

Rijksinstituut voor Oorlogsdocumentatie, *De Dagboeken van Anne Frank*. Bert Bakker, Amsterdam 1986

また、その他の史実や引用に使用した文献は上記の資料に加えて以下の通りです。文中の翻訳は赤染晶子によるものです。

Miep Gies, *Meine Zeit mit Anne Frank*. Fischer, Frankfurt a. M. 2009

Ernst Schnabel, *Anne Frank. Spur eines Kindes. Ein Bericht*. Fischer, Frankfurt a. M. 1958

Marion Siems, *Erläuterungen und Dokumente. Anne Frank. Tagebuch*. Reclam, Stuttgart 2003

解説

松永美穂

　とある外語大の教室の場面から、小説は始まっている。学生の大多数は女子。彼女たちは小説のなかで「乙女」と呼ばれている。「乙女」とは、うら若い未婚の女性を指す、やや時代がかった言葉だが、彼女たちの性向が全編にわたってさまざまに定義されており、とても興味深い。いわく、「乙女達は常に辞書を引いている」。あるいは、「乙女とは自分とは違う異質な存在をきっちりと認識する生き物なのだ」。そして、「乙女とは潔癖な生き物である」……。

　そんな「乙女」たちの園における、「精鋭部隊」のいる場所が、バッハマン教授の「スピーチ・ゼミ」である。バッハマン教授はすっとぼけたおっさんのようだが、日本語も達者で、「乙女」たちに出す課題はなかなか厳しい。『アンネの日記』の一節を、明日までにドイツ語で暗記してこい、というのがその課題。内容が暗記できたら、淀みなく発音できるように、スピーチコンテストに向けてその後二か月間も特訓が続く。

本書の著者が学生時代に籍をおいた京都外国語大学は、実際に毎年冬にスピーチコンテストを行い、熱心な指導が行われることで知られている。英語にはないOの変母音Öの発音がなかなかできなくて学生たちが「おぇー」といってしまうところなど、ドイツ語をかじった人なら思い当たって苦笑するのではないだろうか。

「乙女」たちの会話には、バイトや合コンやおしゃれといった若者らしい話題はまったくといっていいほど出てこない。彼女たちの生活の中心は、あくまでドイツ語テクストの暗唱とスピーチコンテストにある。このあたり、バッハマン教授が「乙女」たちに「血を吐け」と要求する過酷さや、「乙女」たちのストイックさと合わせて、まるでスポ根マンガのようだ。思わず山本鈴美香の『エースをねらえ！』を連想してしまった。

『アンネの日記』の著者はアンネ・フランク。二十世紀の歴史のなかで、もっとも有名な少女といっていいだろう。ナチ時代の強制収容所で、わずか十五歳で亡くなった。生きていたら、いま八十三歳。日本ならまだ平均寿命にも達していない。ユダヤ人でなければ、孫に囲まれて幸せな晩年を過ごしていたかもしれない。

そんなアンネは、悲劇の主人公として日本でも広く知られている。ただ、「可哀想な少女」というイメージのみが先行して、彼女が日記のなかで語っている言葉ときっちり向き合おうとする人は少ないということを、著者は鋭く指摘してみせる。そんななか、暗記をしようとがんばっても、いつも同じ箇所で頭が真っ白になってしまう主人公のみか子は、まさにその不器用さゆえに、バッハマン教授が求める洞察に近づいていく。アンネは実際、どんなことを考えていたのか？　アンネの一家を密告したのは誰だったのか？　自分たちはアンネを正しく記憶しているのだろうか？　アンネと自分とのあいだには、どのようなつながりがあるのか？

まるで聖書のように暗唱される「日記」。密告の犠牲者という点で、アンネはイエス・キリストと共通点を持つかもしれない。しかし、聖書では明らかにされる裏切り者の名前（銀三十枚を受け取ったユダ！）を、「日記」の書き手はついに知ることはない。アンネ一家を密告した人間は、当局に引き渡されたユダヤ人一人当たり七・五ギルダーを受け取ったはずで、アンネたちは八人だったから全部で六十ギルダーになる、という計算は生々しい。だが、自分たちにつけられたその値段も、アンネはもちろん知らないのである。イエスを裏切ったのはユダヤ人（もっとも、イエス自身もユダヤ人であることを忘れてはいけない）だが、アンネを密告したのはキリスト教徒と考えてほぼ間違いないだろう。ナチ体制のなかでユダヤ人が究極の「他者」にされてしまったことを、十五歳の少女は正確に理解している。

バッハマン教授が課題として出した「一九四四年四月九日」の箇所には、アンネの自己理解に関わる記述がある。「わたし達ユダヤ人はオランダ人だけになることも、イギリス人だけになることも、決してできません。他の国の人間にも決してなれません」(P.11)

この箇所の暗唱に取り組む主人公は、ふとあることに気づく。「乙女」とは「市民」の謂《い》いでもあって、我々はいつでも密告者の側に立ちうるのではないか。ナチ時代に限った話ではない。現代社会も、異質な存在を排除しようとする動きに満ちている。現にみか子の周囲の「乙女」たちは、他人を密告し、喜んで噂《うわさ》に耳を傾ける。「乙女」たちの集団のなかで孤立するのは苦しい。リーダーだった「麗子様」は、そんな苦しさから、スピーチコンテストへの出場すら断念してしまった。そもそも「乙女」たちの何人かには名前が与えられているが、大多数の「乙女」は匿名《とくめい》の集団として動いており、不気味でさえある。

自分を悲劇の主人公と同一視するのはたやすいが、密告者の側に身をおくのは勇気が要る。しかし、あの当時、密告が体制によって正当化された理由について考えなければ、なぜヒトラーはあれほどの長期にわたって政権を維持できたのか、なぜユダヤ人があれほどの規模で迫害されてしまったのか、に思いをいたすことはできないだろう。

アンネたちが隠れていたいわゆる「後ろの家」に対し、みか子が住む家は京都の町家である。間口が狭く、細長くて家のなかが暗い。夜の仕事をする母親と二人で暮らすみか子にも、多くの屈託がありそうだ。バッハマン教授が訪ねて来たとき、思わずみか子の口から漏れる「ジルバーバウアー」という名前は、アンネたちを隠れ家から連行したゲシュタポの警察官のものだ。ここでは一瞬、みか子自身が連行されるアンネの立場に身をおいている。

みか子はコンテストに出るのか、出ないのか。コンテストに出るという行為は、いつのまにか語学の勉強の域を超えて、アンネ・フランクの名前を記憶するという歴史的な行為へと変わっていく。「ホロコーストが奪ったのは人の命や財産だけではありません。名前です。一人一人の名前が奪われてしまいました。人々はもう『わたし』でいることが許されませんでした。代わりに、人々に付けられたのは『他者』というたったひとつの名前です。異質な存在は『他者』という名前のもとで、世界から疎外《そがい》されたのです。(中略)『ヘト　アハテルハイス』は時を超えてアンネに名前を取り戻しました。アンネだけではありません。『ヘト　アハテルハイス』はあの名も無き人たち全《すべ》てに名前があったことを後世の人たちに思い知らせました。あの人たちは『他者』ではありません。かけがえのない『わたし』だったのです」（P.86-87）というバッハマン教授の言葉を、深く心に刻みたい。

『アンネの日記』は実はオランダ語で書かれている。本書で何度も出てくる「ヘトアハテルハイス」はオランダ語版のタイトルだ。しかし「乙女」たちはドイツ語学科の学生で、暗唱はドイツ語で行っている。「今、わたしが一番望むことは、戦争が終わったらオランダ人になることです！」（P.28,93）と書くアンネに対して、これはある意味、皮肉なことでもある。あえてこうした教材を選ぶバッハマン教授は何者なのか？　京都に住み、アンゲリカと名付けた人形を持ち歩くバッハマン教授の謎《なぞ》について、ぜひ続編を期待したいところだ。

　この小説では、たたみかけるようなリズムの地の文と、のんびりした関西アクセントの会話文が絶妙なバランスを保っている。妄想と脱力。過去と現在。個と集団。いろいろな対立項を通じて、読んでいる自分の立ち位置に鋭い光が当てられる。爽快《そうかい》で奥深い小説だ。


（早稲田大学教授・ドイツ現代文学）

この作品は平成二十二年七月新潮社より刊行された。

川上弘美著

おめでとう

忘れないでいよう。今のことを。今までのことを。これからのことを――ぽっかり明るくしんしん切ない、よるべない十二の恋の物語。

川上弘美著

ニシノユキヒコの恋と冒険

姿よしセックスよし、女性には優しくこまめ。なのに必ず去られる。真実の愛を求めさまよった男ニシノのおかしくも切ないその人生。

川上弘美著

センセイの鞄

谷崎潤一郎賞受賞

独り暮らしのツキコさんと年の離れたセンセイの、あわあわと、色濃く流れる日々。あらゆる世代の共感を呼んだ川上文学の代表作。

川上弘美著

古道具 中野商店

てのひらのぬくみを宿すなつかしい品々。小さな古道具店を舞台に、年の離れた4人のもどかしい恋と幸福な日常をえがく傑作長編。

川上弘美著

パスタマシーンの幽霊

恋する女の準備は様々。丈夫な奥歯に、煎餅の空き箱、不実な男の誘いに喜ばぬ強い心。女たちを振り回す恋の不思議を慈しむ22篇。

川上弘美著

ぼくの死体をよろしくたのむ

うしろ姿が美しい男への恋、小さな人を救うため猫と死闘する銀座午後二時。大切な誰かを思う熱情が心に染み渡る、十八篇の物語。

堀江敏幸著

いつか王子駅で

古書、童話、名馬たちの記憶……路面電車が走る町の日常のなかで、静かに息づく愛すべき心象を芥川・川端賞作家が描く傑作長篇。

堀江敏幸著

雪沼とその周辺

川端康成文学賞・谷崎潤一郎賞受賞

小さなレコード店や製函工場で、旧式の道具と血を通わせながら生きる雪沼の人々。静かな筆致で人生の甘苦を照らす傑作短編集。

堀江敏幸著

河岸忘日抄

読売文学賞受賞

ためらいつづけることの、何という贅沢！異国の繋留船を仮寓として、本を読み、古いレコードに耳を澄ます日々の豊かさを描く。

堀江敏幸著

おぱらばん

三島由紀夫賞受賞

マイノリティが暮らす郊外での日々と、忘れられた小説への愛惜をゆるやかにむすぶ、新しいエッセイ／純文学のかたち。

堀江敏幸著

めぐらし屋

人は何かをめぐらしながら生きている。亡父のノートに遺されたことばから始まる、蕗子さんの豊かなまわり道の日々を描く長篇小説。

堀江敏幸著

未見坂

立ち並ぶ鉄塔群、青い消毒液、裏庭のボンネットバス。山あいの町に暮らす人々の心象から、かけがえのない日常を映し出す端正な物語。

新潮文庫の新刊

柚木麻子著
らんたん
この灯は、妻や母ではなく、「私」として生きるための道しるべ。明治・大正・昭和の女子教育を築いた女性たちを描く大河小説！

くわがきあゆ著
美しすぎた薔薇
転職先の先輩に憧れ、全てを真似ていく男。だが、その執着は殺人への幕開けだった――究極の愛と狂気を描く衝撃のサスペンス！

辻堂ゆめ著
君といた日の続き
娘を亡くした僕のもとに、時を超えて少女がやってきた。ちぃ子、君の正体は――。伏線回収に涙があふれ出す、ひと夏の感動物語。

藤ノ木優著
あしたの名医3
―執刀医・北条衛―
青年医師、天才外科医、研修医。それぞれの手術に挑んだ医師たちが手に入れたものとは。王道医学エンターテインメント、第三弾。

乗代雄介著
皆のあらばしり
誰が嘘つきで何が本物か。怪しい男と高校生のぼくは、謎の書の存在を追う。知的な会話、予想外の結末。書物をめぐるコンゲーム。

東畑開人著
なんでも見つかる夜に、こころだけが見つからない
毒親の支配、仕事のキャリア、恋人の浮気。人生には迷子になってしまう時期がある。そんな時にあなたを助けてくれる七つの補助線。

乙《おと》女《め》の密《みっ》告《こく》

新潮文庫　あ－75－1

平成二十五年一月一日発行
令和七年八月二十五日四刷

著者　赤《あか》染《ぞめ》晶《あき》子《こ》

発行者　佐藤隆信

発行所　株式会社新潮社

郵便番号　一六二―八七一一
東京都新宿区矢来町七一
電話　編集部(〇三)三二六六―五四四〇
読者係(〇三)三二六六―五一一一
https://www.shinchosha.co.jp

価格はカバーに表示してあります。

乱丁・落丁本は、ご面倒ですが小社読者係宛ご送付ください。送料小社負担にてお取替えいたします。

印刷・大日本印刷株式会社　製本・株式会社植木製本所

ISBN978-4-10-127351-8 C0193